Omniscient Reader's Viewpoint

Aus dem Koreanischen von Jessica Walther

ADAPTION UMI(REDICE STUDIO)
STORY singNsong
ART Sleepy-C(3B2S STUDIO)

AF214978

Omniscient Reader's Viewpoint

ADAPTION UMI(REDICE STUDIO)
STORY singNsong
ART Sleepy-C(3B2S STUDIO)

1

Aufrufe: 1

Aufrufe: 1

Aufrufe: 1

Anscheinend will
niemand diese Webnovel
lesen.

»Drei Wege, die Apokalypse zu überleben«

Gelesen Kapitel 1389 — Kommentare: 1 Aufrufe: 1

Gele... — Kommentare: 1 Aufrufe: 1

> Warum liest das eigentlich niemand? Das ist so ein Meisterwerk!

Gelese... — Kommentare: 1 Aufrufe: 1

Gelesen Kapitel 1386 — Kommentare: 1 Aufrufe: 1

Kapitel insgesamt: 3149

Durchschnittliche Anzahl der Aufrufe: 1,9

Durchschnittliche Anzahl der Kommentare: 1,8

> Na ja, es gibt wohl nicht viele, die eine Webnovel mit über 3000 Kapiteln lesen.

> Selbst ich, der einzige Leser, habe über zehn Jahre gebraucht, um bis zum letzten Kapitel zu kommen.

Neueste | ab Kapitel 1

Ungelesen Kapitel 3149

...en Kapitel 3148

Gelesen Kapitel 3147

RATTER

RATTER

Ich hatte keinen
blassen Schimmer...

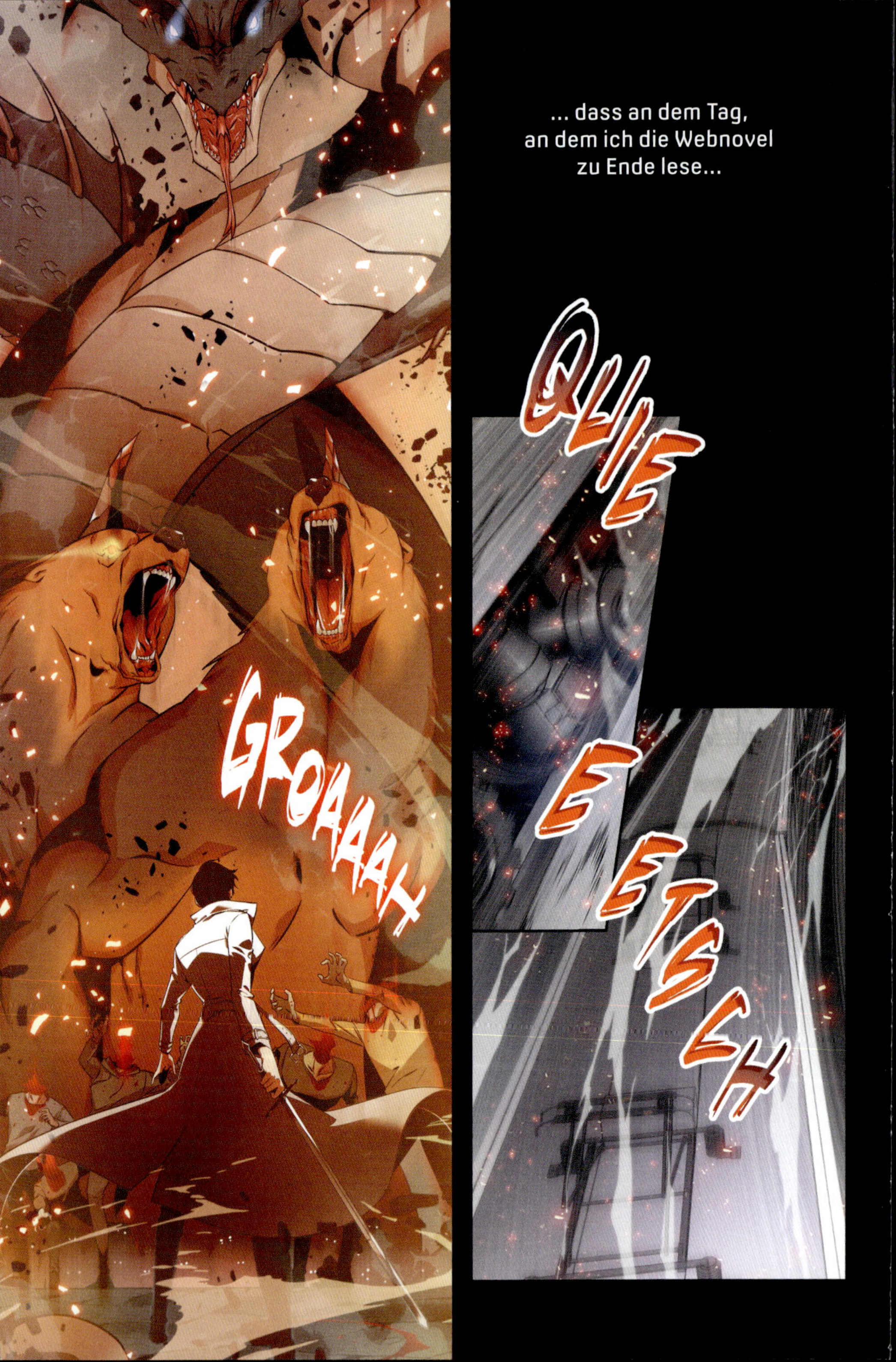

... dass an dem Tag,
an dem ich die Webnovel
zu Ende lese...

Drei Wege, die Apokalypse zu überleben

Ich weiß, was hier vor sich geht!

...kleine Hörner.

Ein flauschiges Ges...
einem Fetzen bekleidet sch...
in der Luft.

Es war zu absonderlich, um eine Fee zu sein,
zu bösartig, um ein Engel zu sein, und sah
auch viel zu unschuldig aus, um ein Teufel
zu sein.

Deshalb wurde es als...

Zurück   Vor
27/27

... die fiktive Welt plötzlich
zur Realität werden würde.

Wer zur Hölle bist du?!

Und ich...

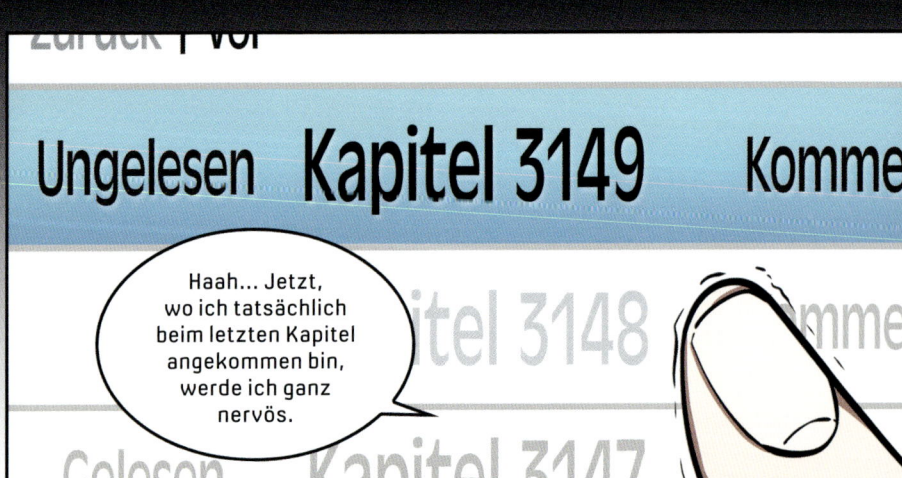

Zurück | Vor

Ungelesen **Kapitel 3149** Komme

Haah... Jetzt, wo ich tatsächlich beim letzten Kapitel angekommen bin, werde ich ganz nervös.

itel 3148 mme

Gelesen Kapitel 3147

... zur einzigen
Person werden würde,
die weiß, wie unsere
Welt untergehen
wird.

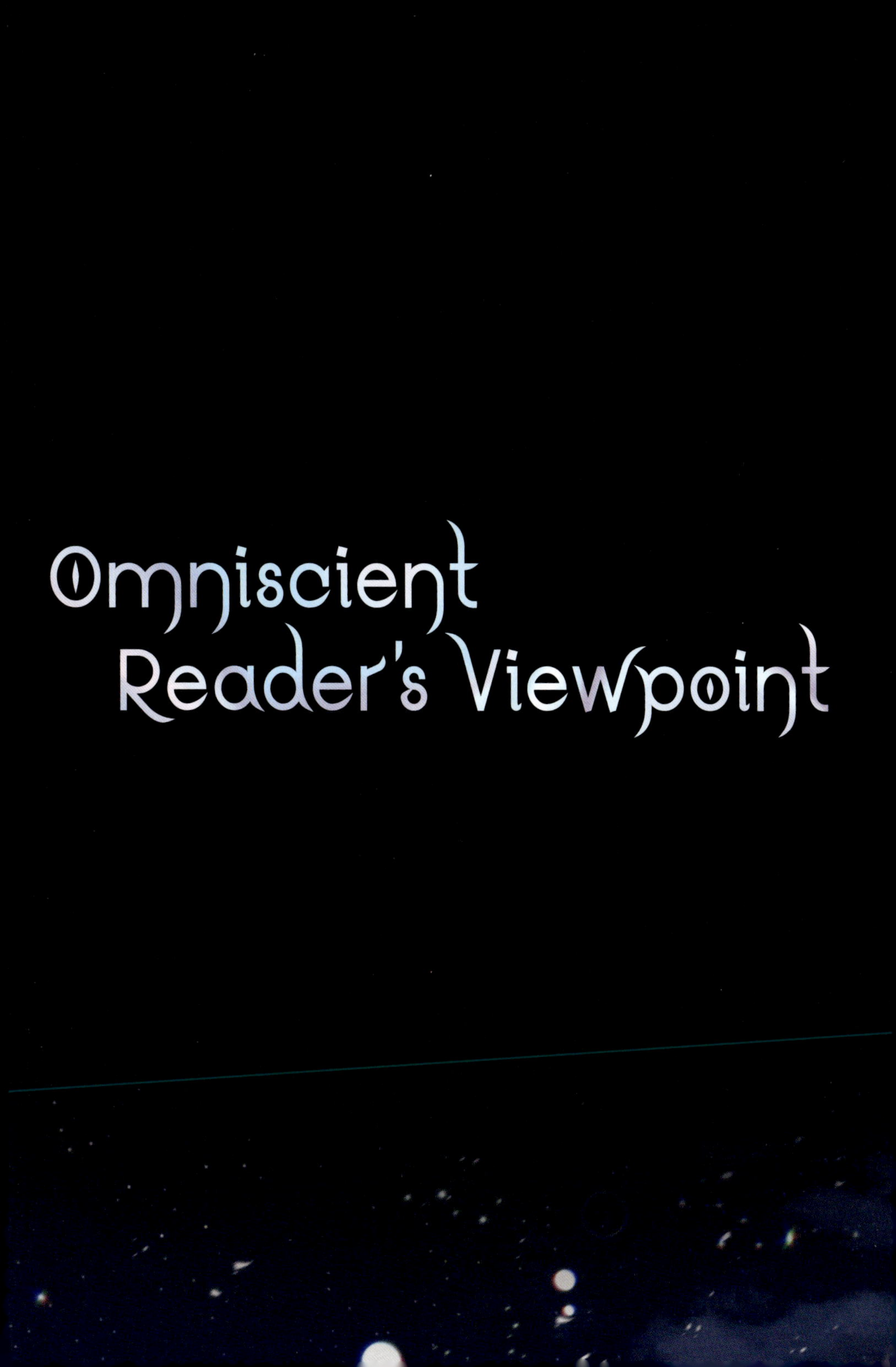

Omniscient Reader's Viewpoint

OMNISCIENT
READER'S VIEWPOINT

INHALT

CHARAKTERE

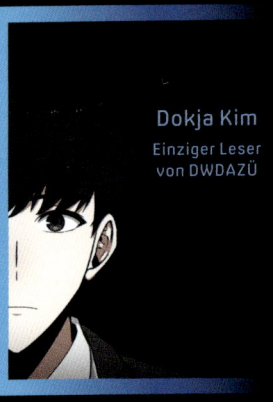

Dokja Kim

Einziger Leser
von DWDAZÜ

Hyeonseong Lee

Stahlklinge

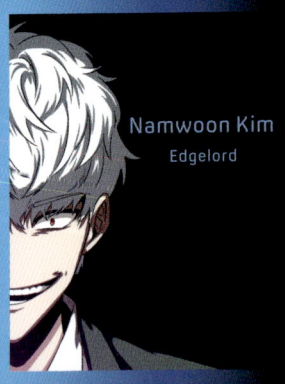

Namwoon Kim

Edgelord

Sangah Yu

Kollegin
von Dokja

PROLOG

Drei Wege,
die Apokalypse zu
überleben

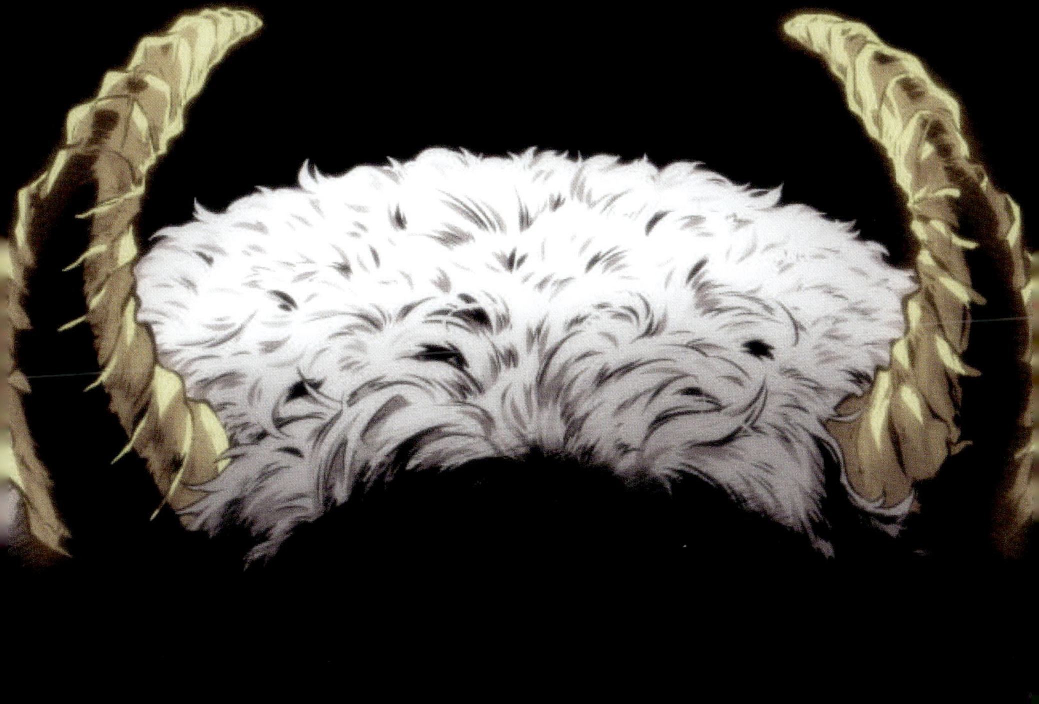

PROLOG

Omniscient Reader's Viewpoint

Es gibt drei Wege, um den
Untergang der Welt zu überleben.
Ich kann mich nicht mehr an
alles erinnern, aber eines ist sicher:
Du, der diesen Text hier liest,
wirst überleben.

- Ende

[Ende von »Drei Wege,
die Apokalypse zu überleben«]

tls123

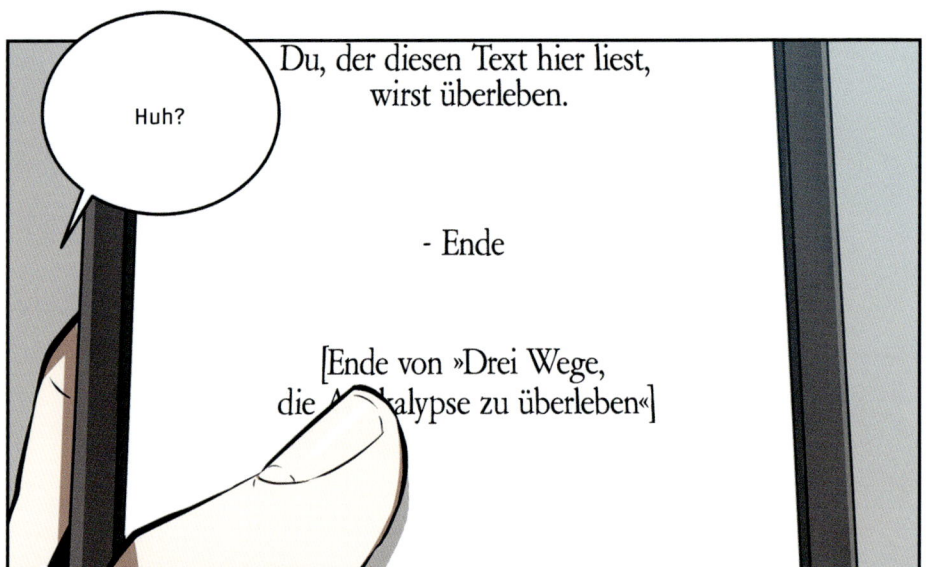

Du, der diesen Text hier liest, wirst überleben.

Huh?

- Ende

[Ende von »Drei Wege, die Apokalypse zu überleben«]

Im Ernst?! Das soll das Ende sein?

Oh... Verstehe...

Aber dank dieses Names...

... lebe ich als durchschnittlicher Junggeselle in Einsamkeit.

Das ist soweit alles über mich.

Dokja Kim (28 Jahre)

Hat einen Abschluss von einer drittklassigen Uni. Arbeitet aktuell mit einem befristeten Vertrag bei einer Tochtergesellschaft eines großen Unternehmens.

Nach der Arbeit lese ich...

... auf dem Weg nach Hause gerne Webnovels.

Allerdings unterscheidet sich mein heutiger Heimweg drastisch von meiner üblichen Fahrt.

Wenn du weiter so draufstarrst, saugt dich dein Handy noch ein.

Sangah Yu aus der Personalabteilung?!

Oh, hallo.

Ja, du anscheinend auch.

Du hast wohl auch Feierabend.

Mein Vorgesetzter ist auf Geschäftsreise, also konnte ich mal pünktlich gehen.

Wer hätte gedacht, dass ich in der Bahn auf Sangah Yu, die beliebteste Person der Firma, treffen würde?

Sie riecht irgendwie gut...

PUFF

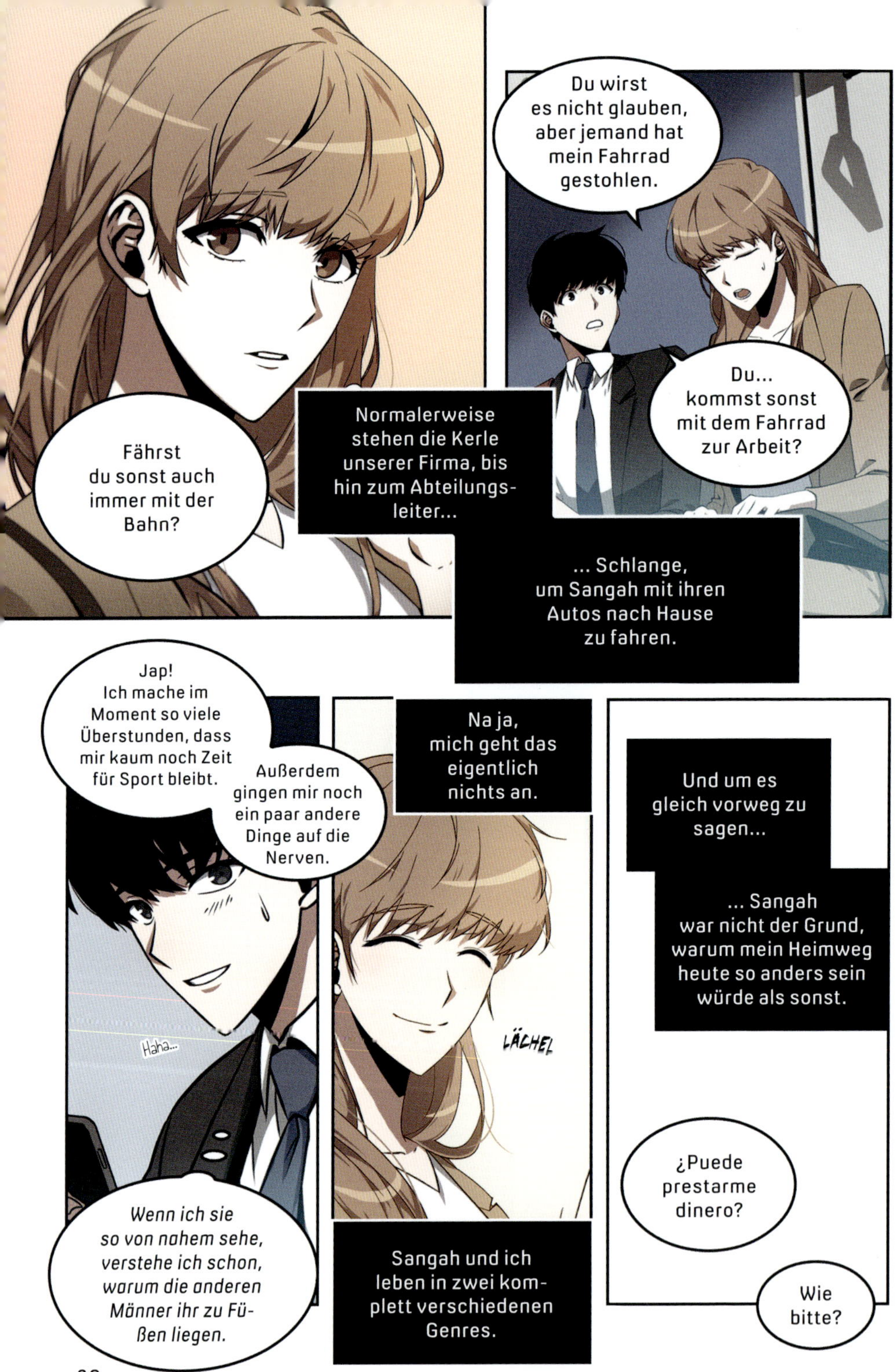

Du wirst es nicht glauben, aber jemand hat mein Fahrrad gestohlen.

Du... kommst sonst mit dem Fahrrad zur Arbeit?

Fährst du sonst auch immer mit der Bahn?

Normalerweise stehen die Kerle unserer Firma, bis hin zum Abteilungsleiter...

... Schlange, um Sangah mit ihren Autos nach Hause zu fahren.

Jap! Ich mache im Moment so viele Überstunden, dass mir kaum noch Zeit für Sport bleibt.

Außerdem gingen mir noch ein paar andere Dinge auf die Nerven.

Na ja, mich geht das eigentlich nichts an.

Und um es gleich vorweg zu sagen...

... Sangah war nicht der Grund, warum mein Heimweg heute so anders sein würde als sonst.

Haha...

Wenn ich sie so von nahem sehe, verstehe ich schon, warum die anderen Männer ihr zu Füßen liegen.

LÄCHEL

Sangah und ich leben in zwei komplett verschiedenen Genres.

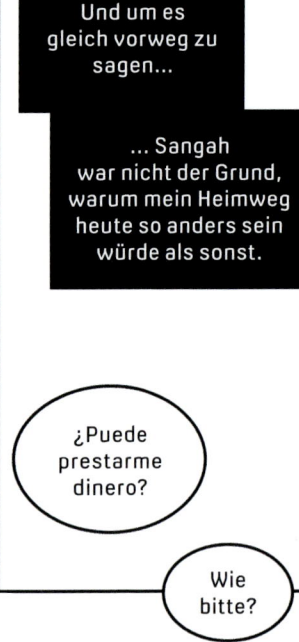

¿Puede prestarme dinero?

Wie bitte?

Das ist Spanisch und bedeutet, »Kannst du mir etwas Geld leihen?«.

Selbst nach Feierabend paukt sie noch weiter... Kein Wunder, dass wir in verschiedenen Genres leben.

Du bist ja echt fleißig.

Was liest du denn so konzentriert?

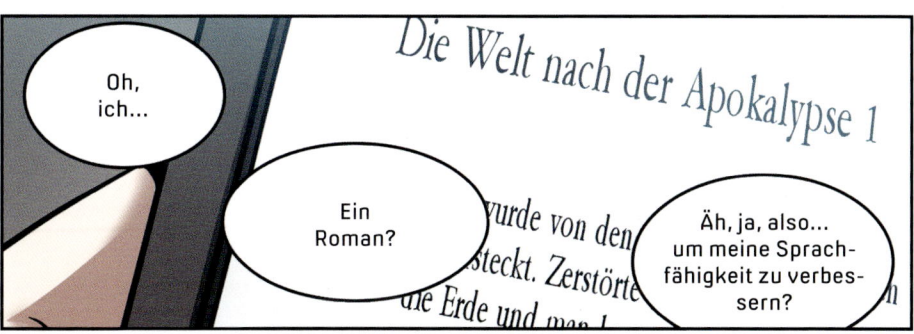

Oh, ich...

Ein Roman?

Die Welt nach der Apokalypse 1

Äh, ja, also... um meine Sprachfähigkeit zu verbessern?

...urde von den... ...steckt. Zerstörte... ...die Erde und man...

Wow, ich liebe Romane!

Das war ja klar.

Ich lese gerne Haruki Murakami oder Reymond Cover zum Beispiel...

Welche Autoren magst du so?

Die würdest du gar nicht kennen...

Lieber sterbe ich, als ihr zu sagen, was ich da lese...

Genau, ich lese gerne fortlaufende Webnovels in der Bahn auf dem Weg nach Hause.

Auch wenn mir dieses Hobby vor anderen peinlich ist...

... ist der Grund, warum heute ein besonderer Tag ist...

... dass die Fantasygeschichte, die ich seit über zehn Jahren fleißig gelesen habe...

169 Kapitel

★ Zu Favoriten hinzufügen   ✚ Klappentext

Wege, die Apokalypse überleben

Von tls123

Gesamt 3149

★   ✚ Klappentext

... und zwar »Drei Wege, die Apokalypse zu überleben«...

Man könnte
sich vielleicht fragen,
warum ich so ein Trara
um das Ende einer
Webnovel mache...

... aber diese
Geschichte bedeutet
mir wirklich viel.

Ich habe
ihn gelesen, als ich in
der Schule gemobbt
wurde...

... als ich
mein Abi verhauen
habe und nur an
eine drittklassige
Uni gekommen
bin...

... als ich
verdammtes Pech bei
der Stationierung im
Wehrdienst hatte und
an der Front gelandet
bin...

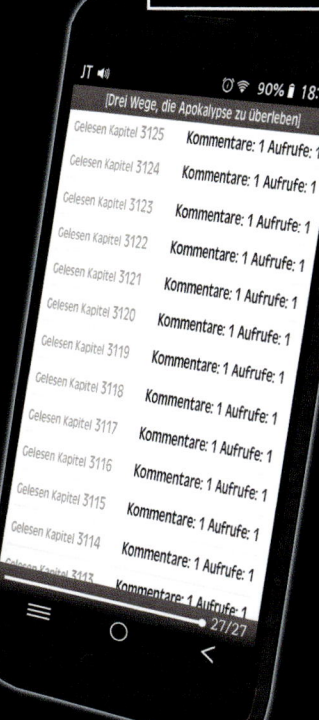

JT 🔊

📶 90% 🔋 18:55

[Drei Wege, die Apokalypse zu überleben]

Gelesen Kapitel 3125   Kommentare: 1 Aufrufe: 1
Gelesen Kapitel 3124   Kommentare: 1 Aufrufe: 1
Gelesen Kapitel 3123   Kommentare: 1 Aufrufe: 1
Gelesen Kapitel 3122   Kommentare: 1 Aufrufe: 1
Gelesen Kapitel 3121   Kommentare: 1 Aufrufe: 1
Gelesen Kapitel 3120   Kommentare: 1 Aufrufe: 1
Gelesen Kapitel 3119   Kommentare: 1 Aufrufe: 1
Gelesen Kapitel 3118   Kommentare: 1 Aufrufe: 1
Gelesen Kapitel 3117   Kommentare: 1 Aufrufe: 1
Gelesen Kapitel 3116   Kommentare: 1 Aufrufe: 1
Gelesen Kapitel 3115   Kommentare: 1 Aufrufe: 1
Gelesen Kapitel 3114   Kommentare: 1 Aufrufe: 1
Gelesen Kapitel 3113   Kommentare: 1 Aufrufe: 1

27/27

Ich habe in der
achten Klasse mit diesem
Roman begonnen.

... und auch
jetzt, wo ich mich
von einem befris-
teten Vertrag zum
nächsten hangle.

Sind ja
nicht gerade prächtige
Erinnerungen...

Mist,
warum denke
ich überhaupt
daran?

Jedenfalls ist es ein bittersüßes Gefühl, dass diese Welt, in die ich mich so viele Jahre lang zurückgezogen habe, jetzt zum Ende kommt.

Heute wird der Epilog von DWDAZÜ hochgeladen.

Eine gigantische Fantasygeschichte, die aus 3149 Kapiteln besteht.

Und eine zehn Jahre andauernde Reise, die ich als Jugendlicher begonnen habe und als Erwachsener beende.

Ich kann es immer noch nicht glauben, dass die Geschichte über zehn Jahre hinweg weitergeschrieben wurde, obwohl es nur einen einzigen Leser gab.

Gelesen Kapitel 1	Kommentare: 57 Aufrufe
Gelesen Kapitel 2	Kommentare: 38 Aufrufe
Gelesen Kapitel 3	Kommentare: 36 Aufrufe
Gelesen Kapitel 49	Kommentare: 2 Aufrufe
Gelesen Kapitel 50	Kommentare: 2 Aufrufe
Gelesen Kapitel 109	Kommentare: 1 Aufruf

Das erste Kapitel hatte rund 1200 Leser, ab Kapitel zehn ist es auf gerade mal 20 Leser abgestürzt, und ab Kapitel 50 gab es dann nur noch 12.

Gelesen Kapitel 116	Kommentare: 1 Aufruf
Gelesen Kapitel 117	Kommentare: 1 Aufruf
Gelesen Kapitel	Kommentare: 1 Aufruf
Gelesen Kapitel	Kommentare: 1 Aufruf
Gelesen Kapitel	Kommentare: 1 Aufruf
Gelesen Kapitel	entare: 1 Aufruf
Gelesen Kapitel 122	are: 1 Aufruf
Gelesen Kapitel 123	are: 1 Aufruf
Gelesen Kapitel 124	tare: 1 Aufruf
Gelesen Kapitel 125	entare: 1 Aufruf

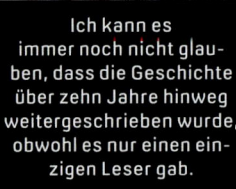

Danach war ich dann der einzige Leser, außer es hat sich mal jemand verklickt.

Daher hatte ich immer das Gefühl, als ob die Geschichte für mich allein geschrieben worden wäre.

Ich hätte den Autor auch gern finanziell unter- sützt, aber...

... ich musste selbst schon sehen, wie ich mich mit meinem mickrigen Gehalt über Wasser halte.

Deshalb habe ich ihm nur mit einem Kommentar meinen aufrichtigen Dank ausgedrückt.

Dokja Kim 18:50 Uh...

Lieber Autor, danke für die ganzen tollen... Ich bin schon sehr gespannt auf den Epi...

Ich habe auch mal eine Empfehlung für ihn geschrieben, aber dafür wurde ich nur runtergemacht...

Wenn man sich durchbeißt, ist das eine wirklich tolle Geschichte. Die Leute sind echt gemein.

Dokja?

STARR

Oh! Da fällt mir ein, dass wir ja jetzt schon fast ein ganzes Jahr in der Firma sind.

Die Zeit vergeht echt wie im Flug, was?

Stimmt, ich war ja mitten im Gespräch.

Lieber schnell das Thema wechseln.

Hehe.

Stimmt. Damals hatten wir echt keine Ahnung von irgendwas, oder?

Genau. Das kommt mir alles vor, als ob es erst gestern gewesen wäre, aber jetzt ist die Vertragszeit schon fast wieder um.

Haha.

Ah...

Das hatte ich ganz vergessen.

Sangah wurde letzten Monat aufgrund ihrer guten Arbeit zu einer festangestellten Mitarbeiterin mit einem unbefristeten Vertrag befördert.

Ich gebe das zwar nur ungern zu, aber Sangah ist echt cool.

Wenn wir hier in einem Roman leben würden, wäre sie definitiv die Hauptfigur.

Das liegt aber auch auf der Hand.

Oh, ich...

Ach ja, stimmt. Glückwunsch! Tut mir leid, dass ich dir jetzt erst dazu gratuliere.

Haha.

Ich habe mich nicht mal bemüht...

... aber Sangah hat ihr Bestes gegeben.

Vielleicht hätte ich auch lieber mehr Zeit in Fremdsprachen investieren sollen.

Während ich mich in eine Webnovel flüchte...

A...Ach, nicht doch! Ich habe meine Evaluierung noch nicht mal bekommen und...

... nutzt sie die Zeit zum Lernen.

... könnte ich...

... dann auch zur Hauptfigur werden?

RATTER

RATTER

Schon gut, Sangah.

Keine Ahnung.

Was?

Selbst wenn du mir diese App zeigen würdest, hätte das keinen Sinn.

Nur bei einer Sache bin ich mir wirklich sicher.

Mein Leben entstammt dem Genre der Non-Fiction...

... und in diesem Genre bin ich keine Hauptfigur, sondern einfach nur »Dokja, der Leser«.

Ich muss mein eigenes Leben leben.

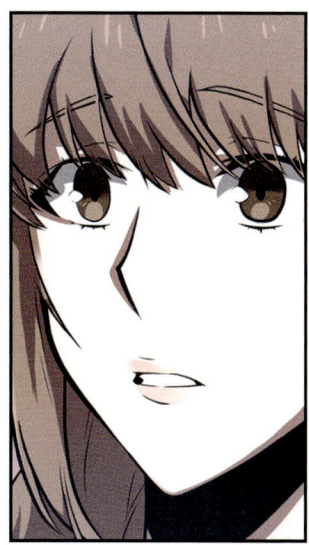

Dein eigenes Leben...?

Du bist echt inspirierend, Dokja.

Huh?

Dann sollte auch ich mein eigenes Leben leben!

?!

Hä?

So wie du möchte auch ich mein Leben bewusst leben.

Na ja... Wenigstens hat sie das zum Schweigen gebracht.

RRRIING

Vielen Dank.

PLING

Eine Nachricht?

Zu diesem Zeitpunkt konnte ich nicht mal ahnen...

... was mir kurz darauf passieren würde.

tls123..?

Oh? Etwa der Autor von DWDAZÜ?

tls123

Vielen Dank.

Bist du der Autor von DWDAZÜ?

tls123

Dank dir konnte ich die Geschichte zu Ende bringen. Ich habe sogar einen Preis dafür gewonnen.

!

Einen Preis? Für DWDAZÜ?

Glückwunsch! Was für ein Preis war es denn?

tls123

Ein recht unbekannter, du würdest ihn eh nicht kennen.

tls123

Ach ja, meine Geschichte wird auch bald kostenpflichtig.

tls123

Das beginnt heute schon mit dem Epilog.

tls123

Zum Dank würde ich dir gerne etwas schenken. Könntest du mir dafür deine E-Mail-Adresse geben?

Ein unbekannter Preis? Vermutlich will er es nur nicht sagen, weil es ihm peinlich ist.

Ein Geschenk?

tls123

Immerhin ist es dir zu verdanken, dass meine Geschichte veröffentlicht werden konnte.

...

Wahnsinn. DWDAZÜ soll einen Preis gewonnen haben?

Ein Geschenk... Vielleicht ein Gutschein oder so?

Ein 50.000-Won-Gutschein wäre nett.

BRR

✉ Sie haben eine neue E-Mail

D...Da ist es! Mein Geschenk ist da!

...ür alles.

Absender: tls123 <123@naver.com>

18:55 Uhr

Heute Abend um 19 Uhr beginnt der kostenpflichtige Service. Das hier sollte dir helfen. Viel Glück.

Um 19 Uhr? Das ist ja in fünf Minuten.

Mal sehen, wenn ich zu meinen Favoriten gehe...

Huch?

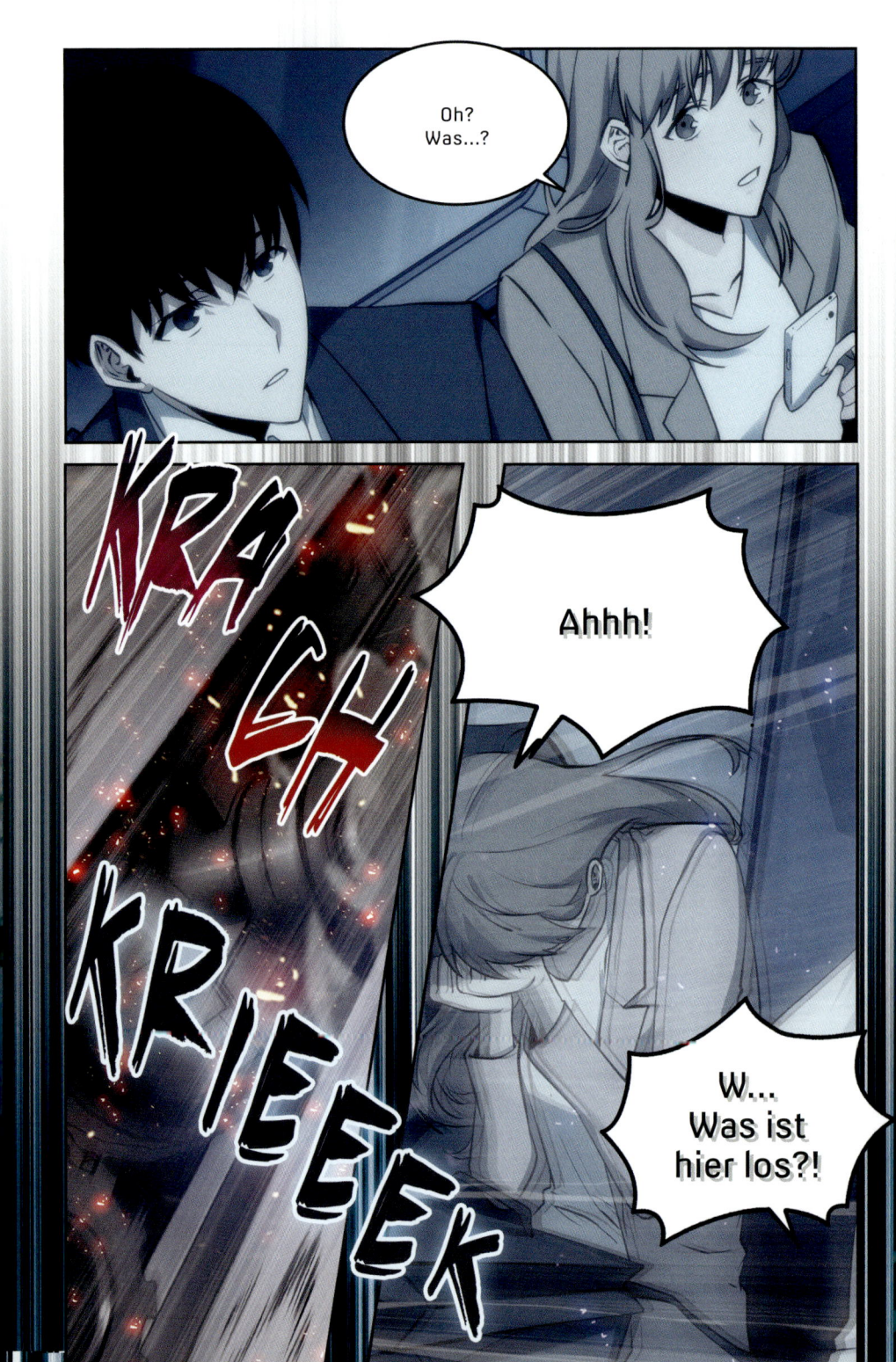

QUALM

Das war
der Moment, in dem
sich das Genre meines
Lebens verändert
hat.

Beginn des
kostenpflichtigen
Services

EP. 01

Omniscient Reader's Viewpoint

»DAS IST EIN DOKKAEBI*«,
SAGTE JEMAND, ALS DIESE
KREATUR ZUM ERSTEN MAL
ERSCHIEN.

* Ein Dokkaebi ist eine mythische
Figur in Korea, die einem Kobold ähnelt.

!

Ich weiß nicht,
warum mir auf einmal
dieses Zitat einfiel.

Die
U-Bahn hielt plötz-
lich an...

... und im
Wagen wurde
es dunkel.

»Ey, als ob. Es passiert doch ständig, dass die Bahn mal stehen bleibt.«

Mir fallen ständig die Zeilen aus der Geschichte ein, die mir so vertraut ist.

Aber das kann doch gar nicht sein.

Das ist unmöglich... oder?

Ein Dokkaebi?

Realistisch gesehen kann das nicht sein.

Das ist absolut unmöglich, aber...

Was?

In diesem Moment vermischten sich Fiktion und Realität.

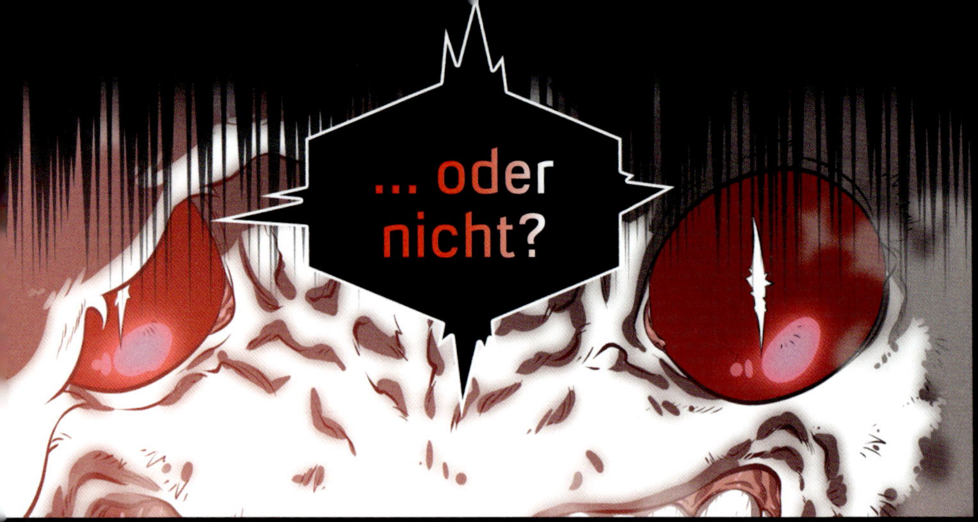
... oder nicht?

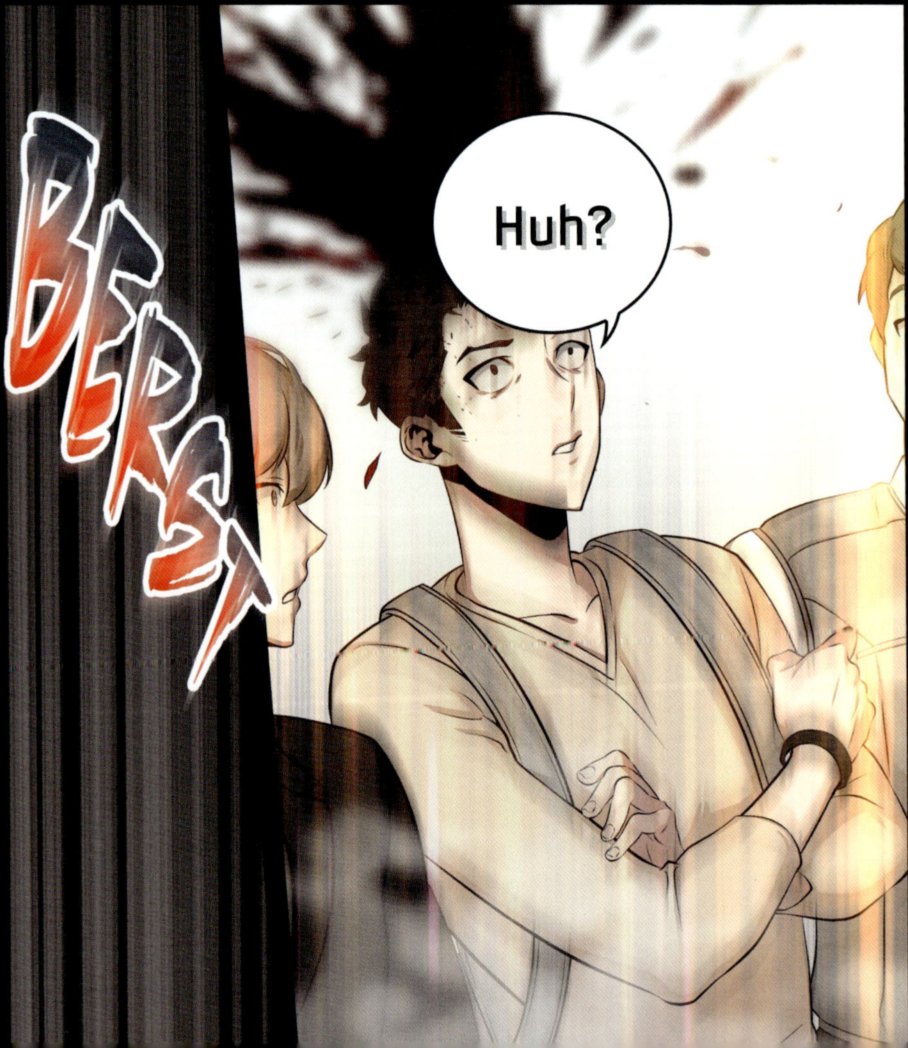
BERST
Huh?

Das Hauptszenario
hat begonnen

Hauptszenario #1 ▭▢✕

[Stelle deinen
Wert unter Beweis]

Bringe mindestens
ein Lebewesen um.

Kategorie: Hauptaufgabe
Schwierigkeitsgrad: F
Zeitlimit: 30 Minuten
Belohnung: 300 Münzen
Bei Misserfolg: Tod

MURMEL

TUSCHEL

MURMEL

RIIING

RIIING

Bei der
Polizei...

... geht
niemand ran!

Was...
Was machen wir
jetzt bloß?

Sangah,
beruhig dich
erst mal.

Du hast
doch schon das
neue Spiel von
unserem Entwick-
lungsteam auspro-
biert, oder?

In dem Spiel
geht es doch da-
rum, dass nur eine
Handvoll Menschen
die Apokalypse
überlebt.

Was?
Wie kommst du
denn plötzlich
darauf?

Sieh das
Ganze einfach
genauso.

In einem Spiel...?

Wir stecken gerade in diesem Spiel fest.

Es ist ganz einfach. Jedes Spiel hat seine eigenen Spielregeln, und denen müssen wir folgen.

Spielregeln? Aber woher sollen wir die...

Das müssen wir ab jetzt eben rausfinden.

LEICHEN, DIE SICH
IM ABTEIL STAPELN.

EIN DOKKAEBI
MIT ANTENNENHÖRNERN.

ZITTERNDE
BERUFSTÄTIGE, AN DENEN
DAS BLUT KLEBT.

EINE ALTE DAME,
DIE AUF DEM PLATZ FÜR BEEIN-
TRÄCHTIGTE SITZT.

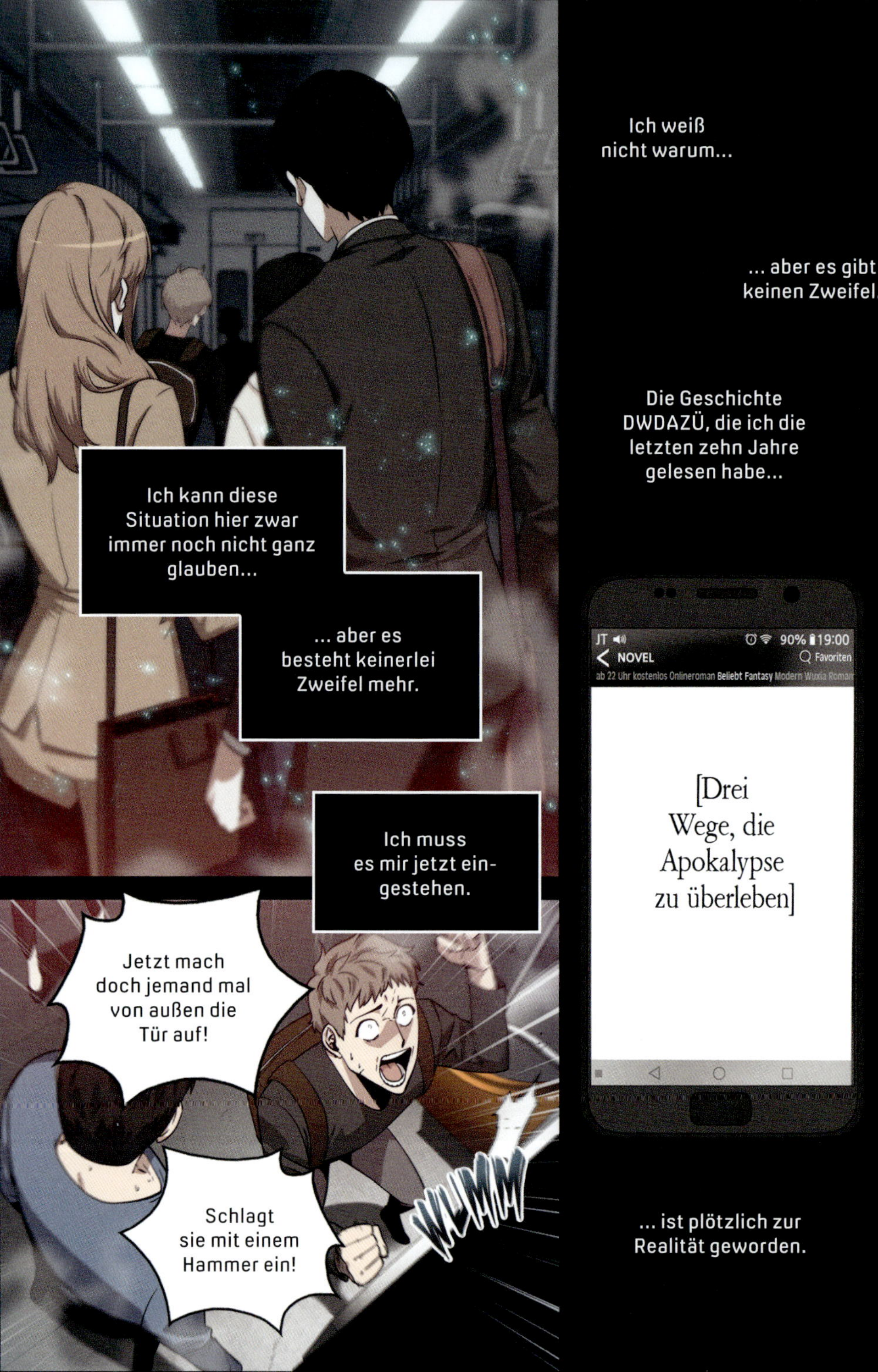

Ich weiß
nicht warum...

... aber es gibt
keinen Zweifel.

Die Geschichte
DWDAZÜ, die ich die
letzten zehn Jahre
gelesen habe...

Ich kann diese
Situation hier zwar
immer noch nicht ganz
glauben...

... aber es
besteht keinerlei
Zweifel mehr.

Ich muss
es mir jetzt ein-
gestehen.

Jetzt mach
doch jemand mal
von außen die
Tür auf!

Schlagt
sie mit einem
Hammer ein!

[Drei
Wege, die
Apokalypse
zu überleben]

... ist plötzlich zur
Realität geworden.

Tut mir leid, ich bin nur ein einfacher Soldat und habe daher keine direkte Durchwahl zum Präsidenten.

Wie zur Hölle willst du dann die Situation hier unter Kontrolle bringen?!

Eine nationale Krisensituation. Ich wusste bereits, dass das kommt, daher überrascht es mich nicht.

Mich überrascht hier eher etwas ganz anderes.

Leutnant Hyeonseong Lee...

Ich kenne ihn.

Für die Sicherheit aller Bürger...

Ich sehe ihn zwar zum ersten Mal persönlich...

... aber seinen Namen habe ich klar und deutlich im Kopf.

Er ist eine
der Nebenfiguren in
DWDAZÜ.

Stahlklinge

Hyeonseong Lee

Generalleutnant
in der koreanischen
Armee

Jetzt tauchen
also sogar die einzel-
nen Figuren aus dem
Roman auf.

Er spricht
und verhält sich
auch genau wie in
der Geschichte.

KRATZ

Aber...

STUTZ

... ist Hyeonseong Lee in dieser Szene zum ersten Mal aufgetaucht?

Nein. Als treuer Leser der Geschichte bin ich mir absolut sicher...

Ah... Wenn ich doch nur Zugriff auf die Geschichte hätte, könnte ich es noch mal genauer nachlesen.

Der Premierminister hält eine Ansprache!

Er sagt wirklich, dass es sich um eine nationale Krisensituation 1. Stufe handelt!

Dokja...

Sehr verehrte Bürgerinnen und Bürger.

Es läuft...

... immer noch genauso ab, wie ich es in Erinnerung habe.

Hier geschieht alles, wie ich es in DWDAZÜ gelesen habe.

Aber ich habe seit vorhin das Gefühl, als ob irgendwas nicht stimmen würde.

... noch nicht hier?

Hyeonseong, eine der Nebenfiguren, ist bereits aufgetaucht...

... also warum ist »er«...

Oh...?

Das ist doch
die Schuluniform des
Taepung-Mädchen-
gymnasiums.

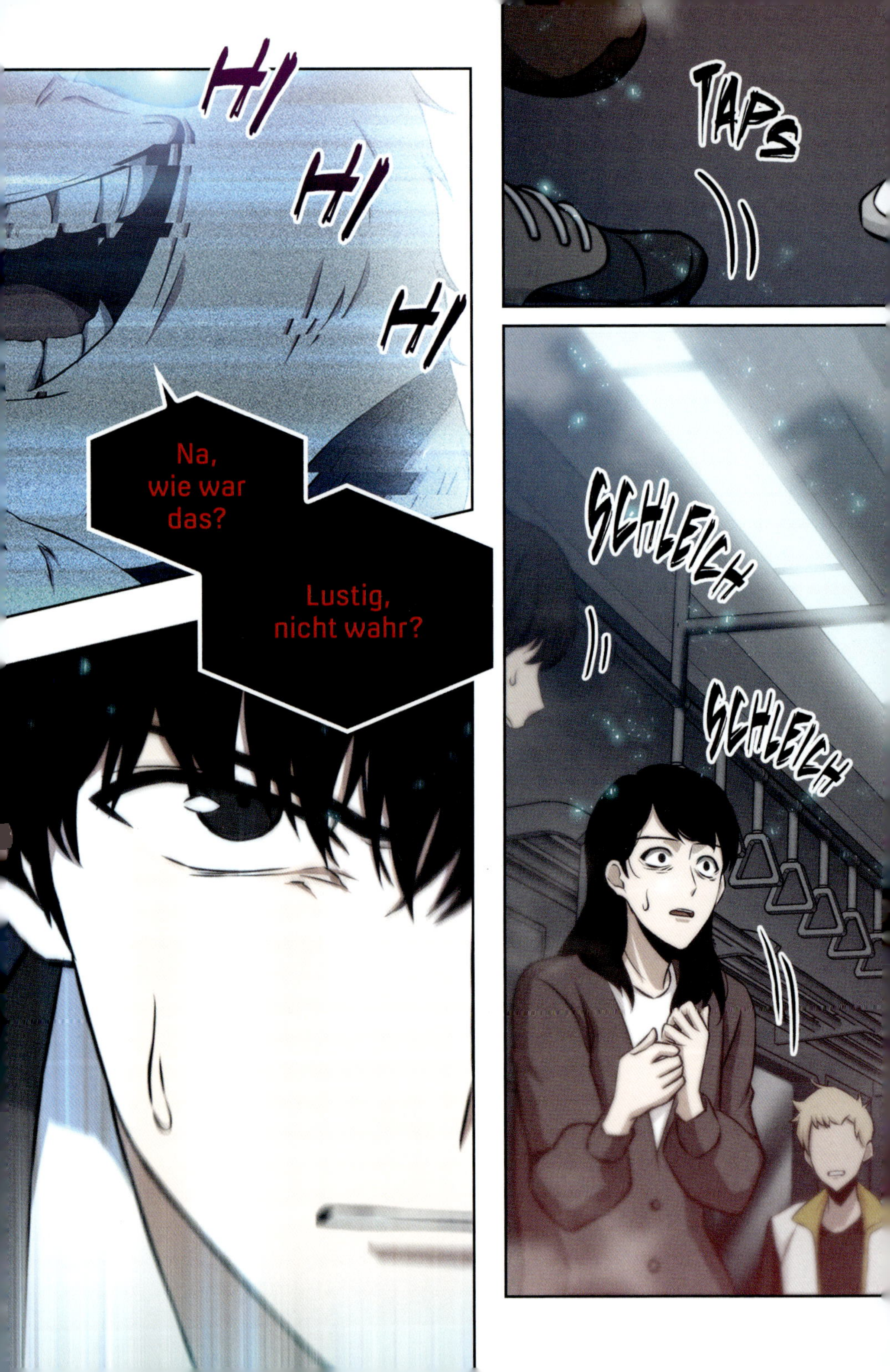

HI HI HI

TAPS

Na,
wie war
das?

Lustig,
nicht wahr?

SCHLEICH

SCHLEICH

[Eine angehängte Datei] Alle speichern

Drei Wege, die Apokalypse zu überleben.TXT

REIB REIB

?!

Hat der Typ mir hier ernsthaft seine Webnovel als Geschenk geschickt?!

Zählt das nicht als illegale Weiterverbreitung?!

Wobei er ja der Autor persönlich ist...

[Du hast ein exklusives Attribut erhalten.]

[Ein Slot für Spezialfähigkeiten wurde freigeschaltet.]

Jeder Überlebende in DWDAZÜ bekommt seine ganz exklusiven Attribute...

... und Spezialfähigkeiten, die mit diesen Attributen verbunden sind.

Genau wie in einem Spiel.

...

Attribute-fenster.

Dann sollte ich mal rausfinden, was meine Attribute und Fähigkeiten sind.

?!

DING

[Das Attributefenster kann nicht geöffnet werden.]

[Das Attributefenster kann nicht geöffnet werden.]

Hä?

Attribute-fenster.

Attribute-fenster.

DING

DING

[Das Attributefenster kann nicht geöffnet werden.]

[Das Attributefenster kann nicht geöffnet werden.]

Da kann man wohl nichts machen. Dann schaue ich mir erst mal den Anhang an.

Geht das überhaupt?

[Das Attributefenster geöffnet werd

Wenn ich mein Attributefenster nicht ansehen kann, weiß ich doch nicht, was ich für Attribute und Fähigkei-ten besitze.

?!

...

ER WARF EINEN BLICK AUF DAS CHAOS UND DIE VERWIRRUNG, DIE IM ABTEIL 3807 AUSGEBROCHEN WAREN.

Dokja, sollten wir nicht versuchen, das aufzuhalten?

VERMUTLICH WAR ES FÜR SIE SCHON ZU SPÄT. IMMERHIN...

... WÜRDEN AUS DEM ABTEIL EH NUR ZWEI LEUTE ÜBERLEBEN.

Hrgh...!

B...Bitte... lass... lass mich gehen...

Verdammt, ich habe eh schon eine Scheißlaune, also was glaubst du, wo du hingehst?

Schnauze!

Namwoon Kim

Hä?!

Ey, Alter, willst du ster-ben?

Was...?

ZACK

Siehst du...

... das denn nicht?

Hast du immer noch nicht gecheckt, was hier abgeht?

Was zur Hölle faselst du da, du Rotz-bengel?!

R... Rettet mich!

Ahhhh!

TSCHACK

Stirb! Stirb endlich!

BÄNG

Blickst du es echt immer noch nicht? Die Armee wird uns nicht zu Hilfe kommen.

Und irgendjemand muss sterben.

V...Verschont mich! Ich bin ein guter Mensch!

Halt's Maul und stirb!

W...Was...

Wir müssen entscheiden, wer hier stirbt.

... schaue ihnen einfach dabei zu...

... als würde ich von einer anderen Welt aus auf sie herabblicken.

Im Original war diese unbekannte alte Frau das erste Opfer.

Wenn ich mich willkürlich in die Geschichte einmische, werde ich die Zukunft zu sehr ändern und damit meine Überlebenschancen verringern.

Aber ist das Grund genug...

... diesem Mord einfach so zuzusehen?

Sie stirbt so noch wirklich!

HUSCH

Es ist gefährlich, wenn du dich so leichtsinnig einmischst!

Ich weiß, aber...

Wenn du dich jetzt einmischst, bist du die Nächste, die stirbt.

Sangah...

Selbst wenn sich das Genre einer Geschichte ändert...

... gibt es wohl Menschen, die unabhängig davon hell erstrahlen.

Es ist aber nicht Sangah, die diese Geschichte verändern wird.

BUMM

[Stelle deinen
Wert unter Beweis]

Bringe mindestens
ein Lebewesen um.

Kategorie: Hauptaufgabe

Schwierigkeitsgrad: F

Zeitlimit: 30 Minuten

Belohnung: 300 Münzen

Bei Misserfolg: Tod

Verbliebene Zeit:
7:32 Minuten

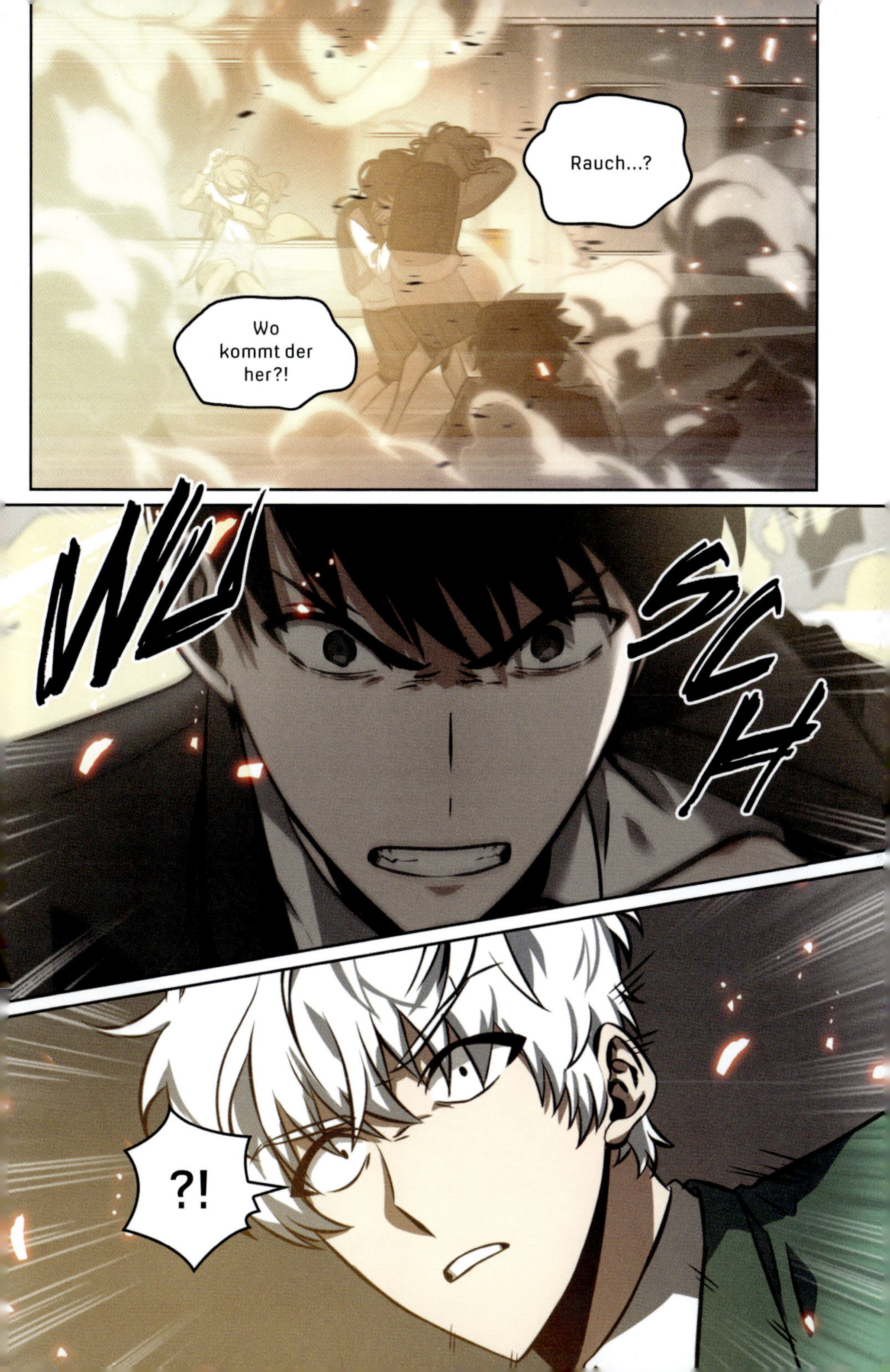
Rauch...?
Wo kommt der her?!
WUSCH
?!

Urgh...

Hier, nimm das.

Alle herhören!

TSCHACK

WAMM

KICK

KEUCH

W... Was?

Gut, ich habe ihre Aufmerksamkeit.

HAAH

Nehmen wir mal an, ihr bringt die alte Dame wirklich um.

Aber was kommt danach?

Klar, wenn sie stirbt, verschafft uns das etwas mehr Zeit, da wir die Aufgabe des Dokkaebis erfüllt haben.

Aber was kommt dann als Nächstes?

ZUCK

Wenn der Dokkaebi die Wahrheit gesagt hat, bedeutet das, dass jeder von uns eine Person umbringen muss.

Also wen bringt ihr danach um?

Bringt ihr die Person um, die neben euch steht?

Ha...!

Wo liegt da das Problem?

Hihihi

Wir bringen einfach Schisser wie dich als Nächstes um!

Macht euch keine Sorgen um die Reihenfolge...

... die Chancen stehen eh fifty-fifty.

War ja klar, dass du so was sagst.

Solche Drohungen sind vollkommen unnötig.

Denn es gibt einen Weg, um zu überleben, ohne dass ihr alle zu Mördern werden müsst.

Was?

!

U...Und wie soll das gehen?

TS

Schon vergessen? Es hieß nicht, dass wir...

... einen Menschen umbringen müssen, um dieses Szenario zu meistern!

... drei Minuten!

HAAT

Jetzt bleiben noch...

Ey, warum hast du das gemacht?

KRACKS

Du hättest die Insekten doch einfach verteilen können.

In dem Kasten waren nur noch drei Insekten.

Was...?

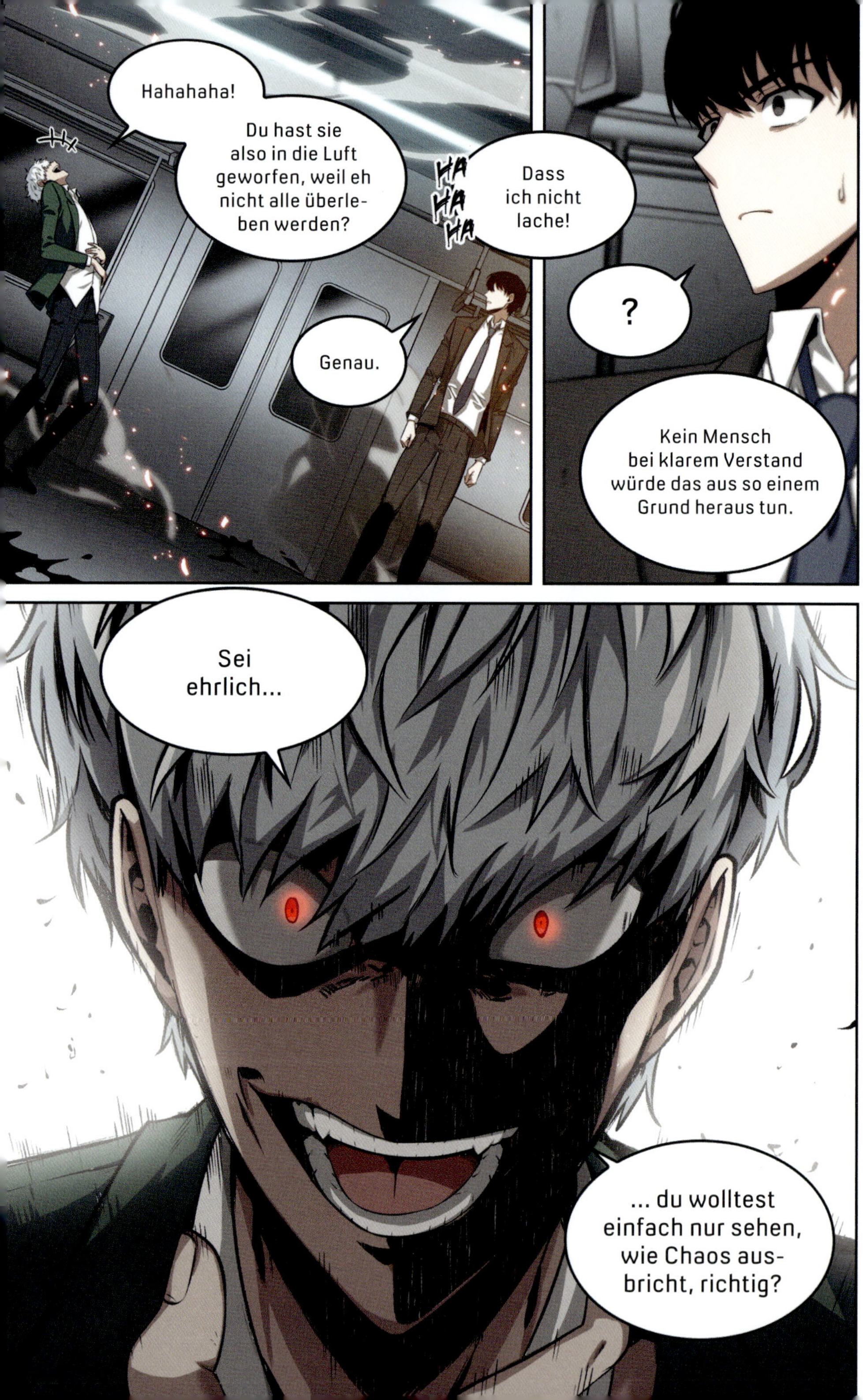
Hahahaha!
Du hast sie also in die Luft geworfen, weil eh nicht alle überleben werden?
HA HA HA
Dass ich nicht lache!
Genau.
?
Kein Mensch bei klarem Verstand würde das aus so einem Grund heraus tun.
Sei ehrlich...
... du wolltest einfach nur sehen, wie Chaos ausbricht, richtig?

Stimmt, Namwoon Kim ist genau so ein Kerl.

Er ist grausam, ungezügelt und genießt diese Art von Szenen.

[Deine Spezialfähigkeit **Charakterprofil** wurde aktiviert.]

DING

Ha?

Ein Charakterprofil?

Ich bekomme langsam ein Gefühl dafür, was meine persönlichen Attribute sein könnten.

Stimmt, dieser Kerl war ein Edgelord!

DING

[Charakterprofil] ─ □ ×

Name: Namwoon Kim
Alter: 19 Jahre
Sponsor: Keine (zwei Konstellationen zeigen im Moment Interesse an diesem Charakter.)

Persönliches Attribut: Edgelord (standard)

Spezialfähigkeiten:
[Außergewöhnliche Anpassungsgabe Lvl. 3],
[Messerkampf Lvl. 1], [Düsteres Erwachen Lvl. 1]

Gesamtstatistik: [Ausdauer Lvl. 3], [Stärke Lvl. 4],
[Beweglichkeit Lvl. 6], [Mana Lvl. 4]

Gesamtevaluierung: Ein pubertierender Teenager, dessen dunkle Seite aufgrund eines außergewöhnlichen Vorfalls erwacht ist. Halte dich am besten von ihm fern. Das hier wird eine weitere Chance für ihn sein.

Die meisten pubertierenden Teenager in DWDAZÜ konnten diesem Albtraum, der plötzlich zur Realität wurde, nicht standhalten und haben sich umgebracht.

Aber Namwoo hier war anders.

Wahnhafter Dämon Namwoon Kim

Edgelord

Der Junge, der später diesen passenden Spitznamen bekommen sollte, ist kein gewöhnlicher pubertierender Teenager.

Er hat lange auf so etwas wie eine Apokalypse gewartet...

... und sich außergewöhnlich schnell an diese neue Welt gewöhnt.

Hauptszenario #1

[Stelle deinen
Wert unter Beweis]

Bringe mindestens
ein Lebewesen um.

Kategorie: Hauptaufgabe

Schwierigkeitsgrad: F

Zeitlimit: 30 Minuten -> 10 Minuten

Belohnung: 300 Münzen

Bei Misserfolg: Tod

Verbliebene Zeit:
7:32 Minuten

EP.01

Omniscient Reader's Viewpoint

STABF

STABF

Wo ist
es hin?! Es war
doch gerade
noch hier!

Aus
dem Weg, das
schnappe ich
mir!

Tut mir leid,
aber ich bin ein
Einzelgänger.

Ach ja?
Zu schade.

Wenn ich mich
hier mit Namwoon
zusammenschließe,
wäre mein Über-
leben fürs Erste
garantiert.

Hätte ich
DWDAZÜ nicht
gelesen...

... hätte ich
mich vermutlich
anders entschie-
den.

Ich habe noch eine Rechnung mit der Oma dahinten offen.

Dann geh mir doch bitte aus dem Weg, ja?

Aber ich bin ein Leser, der alles über ihn und seine Zukunft weiß.

Und nachdem ich ihn live und in Farbe gesehen habe...

Ich kann das Insekt, das ich schon in der Hand hatte...

... nicht einfach entkommen lassen.

PACK

Sobald meine zweite Spezialfähigkeit, Allwissender Leser, aktiviert wurde...

Boah, verdammt noch mal, das kann doch nicht sein!!!

WUSCH

Allerdings kann ich ihm damit nur geradeso ausweichen, an einen Angriff ist gar nicht erst zu denken.

Wenn ich nur noch ein wenig mehr Zeit schinden könnte...

... wusste ich ganz genau, was er als Nächstes tun würde. Ganz so, als ob ich seine Gedanken lesen könnte.

BUMS

STAPF

STAPF

Was auch immer passiert, ich darf jemanden wie ihn nicht zum nächsten Szenario durchkommen lassen...!

[Herz]

FEIX

Hehe, wusste ich doch, dass du das machst.

FLICK

ZZT

Der Tod reibt sich schon die Hände.

Wenn ich gegen Namwoon verliere, ist das dann auch mein Ende?

In dieser Welt herrscht eine einfache Grundregel.

Und zwar: Wer stark ist, gewinnt, wer schwach ist, stirbt.

Oder nein, unsere Welt war eigentlich schon immer so.

Laut dem Gesetz des Dschungels werden die Schwachen zur Beute der Starken.

Das Ganze ist jetzt nur noch etwas offensichtlicher geworden.

Wenn ich hier überleben will, muss also auch ich noch offensiver handeln.

Ey, Alter, du hast doch gar keine Kraft mehr, um zu fliehen.

Also tu mir den Gefallen und lass es uns einfach zu Ende bringen, uns geht langsam die Zeit aus.

Wenn ich zögere...

Namwoon Kim, Klasse 11 des Cheongil-Gymnasiums.

bin ich tot.

... Ja.

Denkst du, ein Insektenei zählt auch als Lebewesen?

Hä? Was laberst du da plötzlich?

QUETSCH

[Du erhältst 100 Münzen als Bonus.]

[Du hast ein Lebewesen getötet.]

[Du erhältst 100 Münzen als Bonus.]

Die richtige Antwort lautet...

[Du hast ein Lebewesen getötet.]

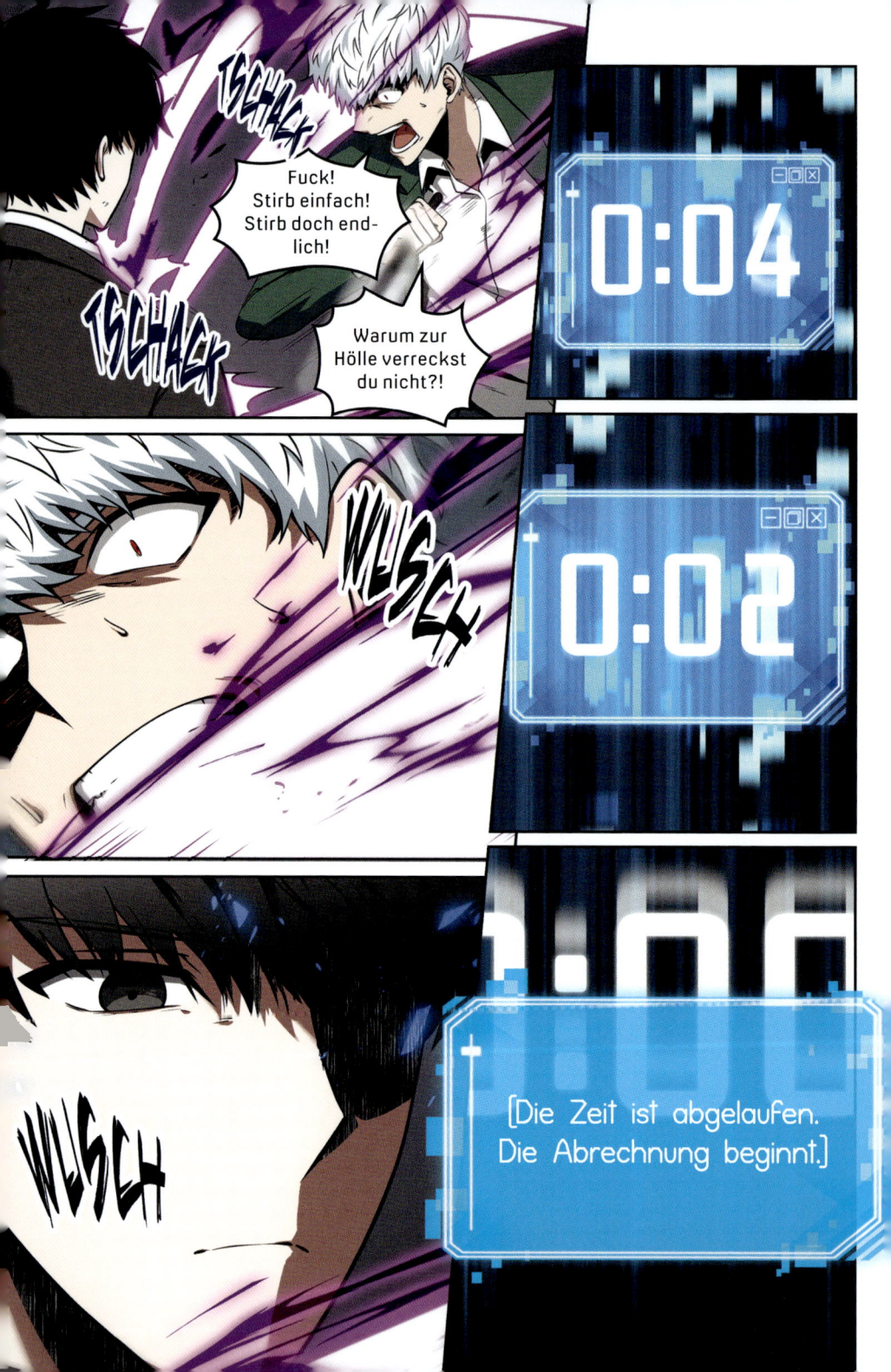

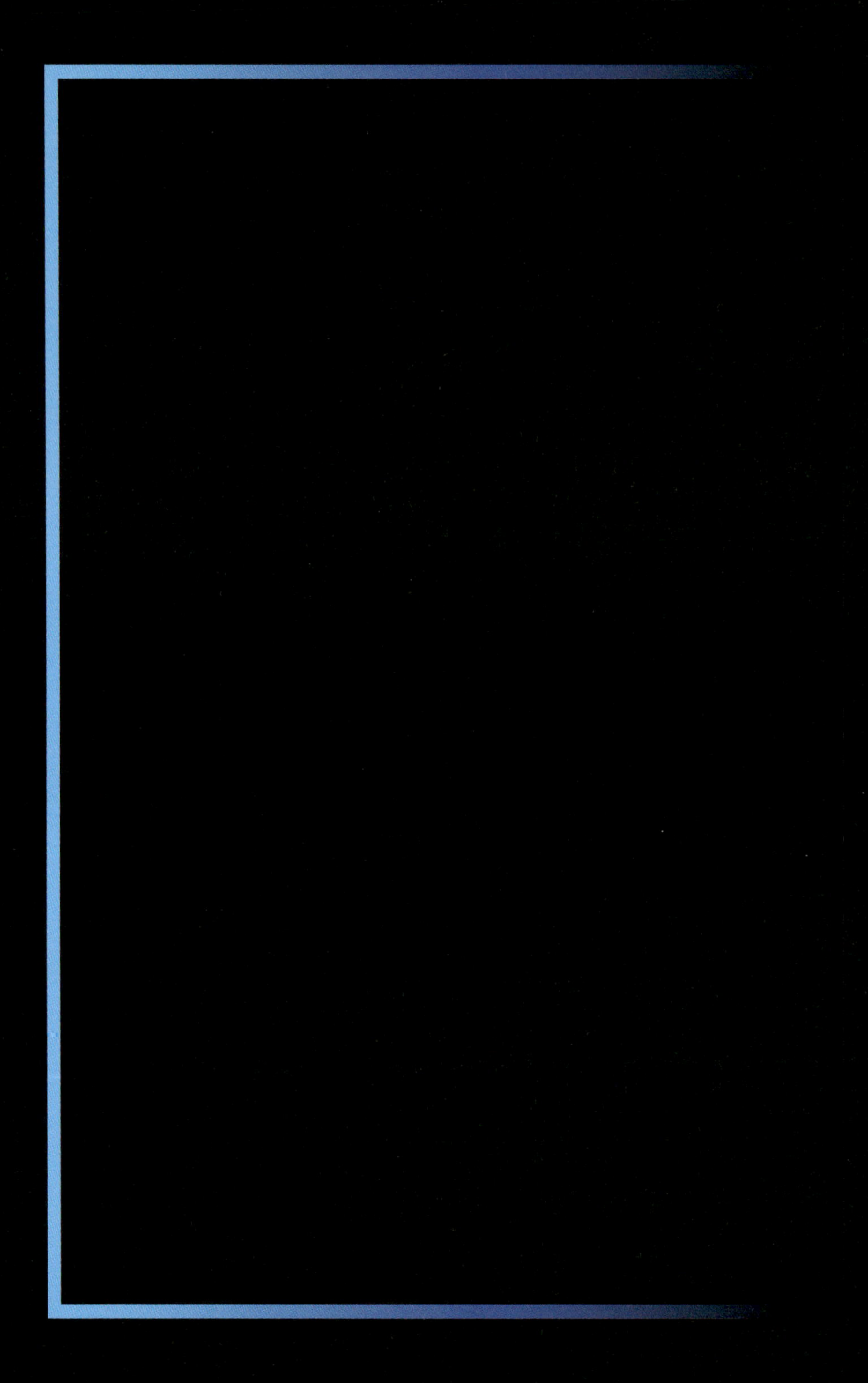

Die Hauptfigur

EP.02

Omniscient Reader's Viewpoint

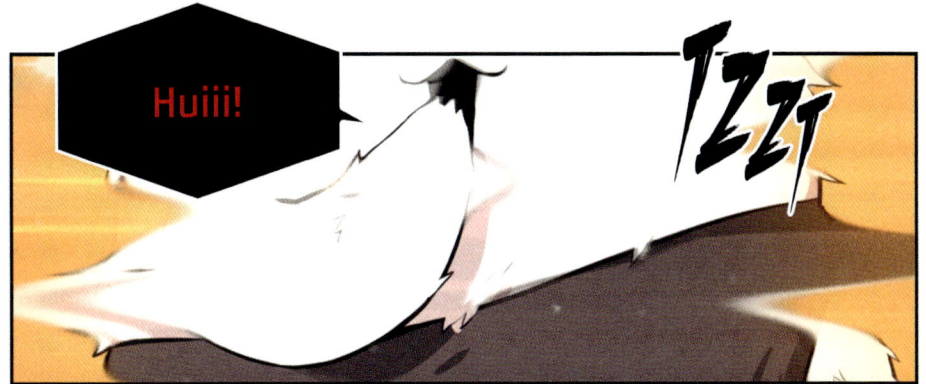

Huiii!

3807

Was ist denn hier passiert?

Da habe ich nur ganz kurz in ein anderes Abteil geschaut...

[Das Hauptszenario #1:
»Stelle deinen Wert unter Beweis«
wurde beendet.]

Überlebende aus Abteil 3807
von der Bahn Nr. 3434 nach
Bulgwang: 5

Überlebende:

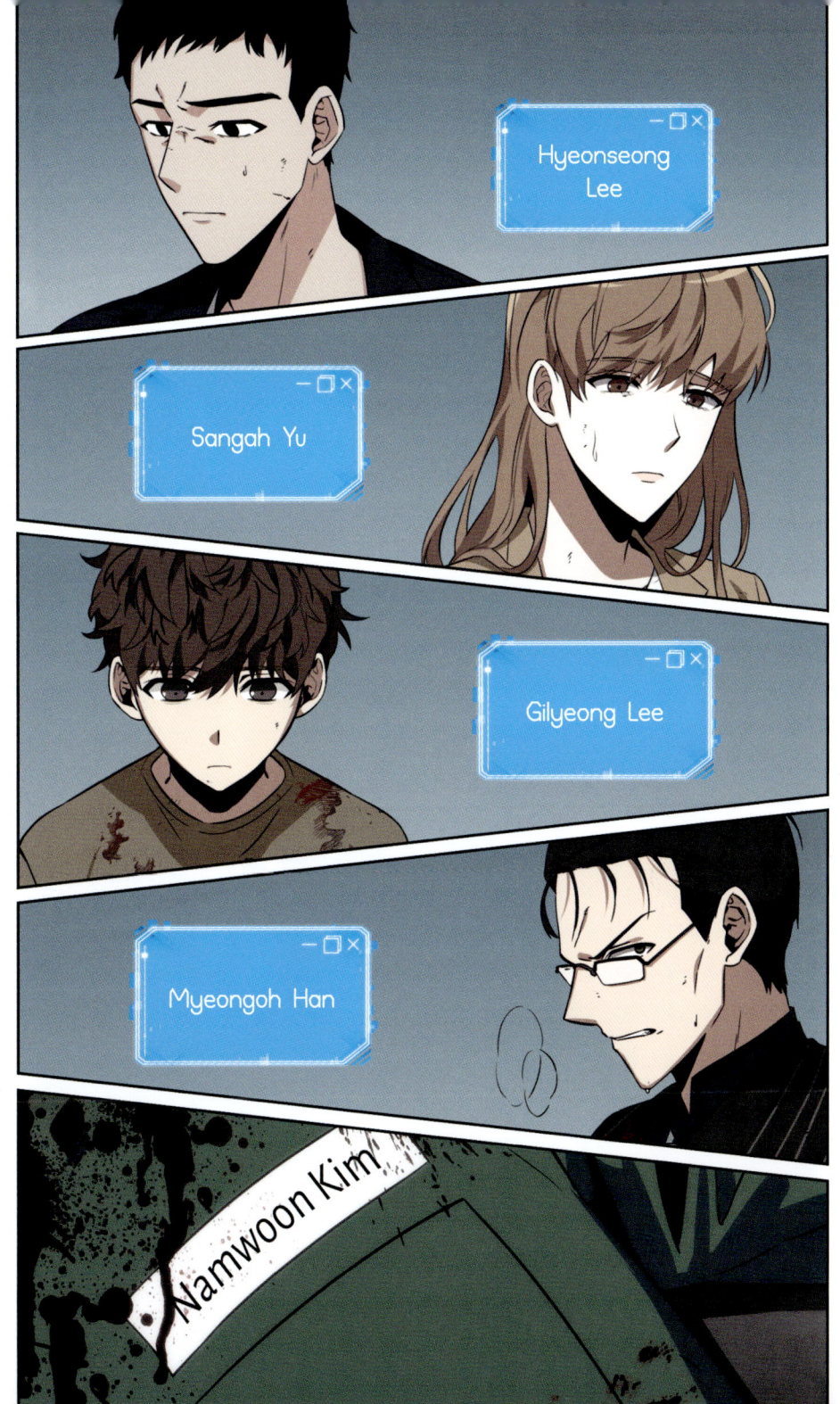

Du hattest recht. Ich bin vom gleichen Schlag Mensch wie du.

[Du erhältst 300 Münzen als Basisbelohnung für das Meistern des Szenarios.]

[100 Münzen werden für die Kanalnutzung abgezogen.]

[Zusätzliche Belohnungen werden berechnet.]

Die Welt, die wir einst kannten, ist untergegangen. An ihrer Stelle wurde nun eine neue geschaffen.

Und ich...

... wie sie
untergehen
wird.

Was zur Hölle ist das nur?

Später in DWDAZÜ wird es als Level-7-Monster klassifiziert.

Jedenfalls für den Moment.

In der Welt von DWDAZÜ stehen die Szenarien über allem anderen.

Wir werden von diesen Monstern also nicht angegriffen, solange sie nicht Teil des Szenarios sind.

Die Anzahl der Sterne zeigt an, wie viele Konstellationen sich in den Kanal eingeloggt haben.

Konstellationen

Das sind die mysteriösesten Kreaturen in DWDAZÜ und die Drahtzieher dieser Tragödie hier, während sie irgendwo fernab im Universum live den Szenarien zusehen.

Eins, zwei, drei... 20, 21.

Insgesamt 21. Kein Wunder, dass er so fröhlich ist.

21 ist zwar nicht viel, aber für einen neuen Dokkaebi eine ganz schön hohe Zahl.

Wenn es wie in der Original-geschichte verlaufen wäre...

... dann hätte Namwoon fast alle anderen in unserem Abteil umgebracht.

Mit anderen Worten: Sie sind die Zuschauer der Dokkaebi-Kanäle.

BELG

Das geht einigen Konstellationen bestimmt gegen den Strich.

Und diese Fehlermeldung habe ich wahrscheinlich auch der Tatsache zu verdanken, dass ich Namwoon aufgehalten habe.

DING

[Aufgrund einer ungeplanten Überprüfung des Szenarios verzögert sich die Auszahlung deiner Belohnung. Wir bitten um etwas Geduld.]

DING

[Zwei Konstellationen zeigen wegen Namwoon Kims Tod leichte Feindselig-keit dir gegenüber.]

Das ist doch echt unfassbar.

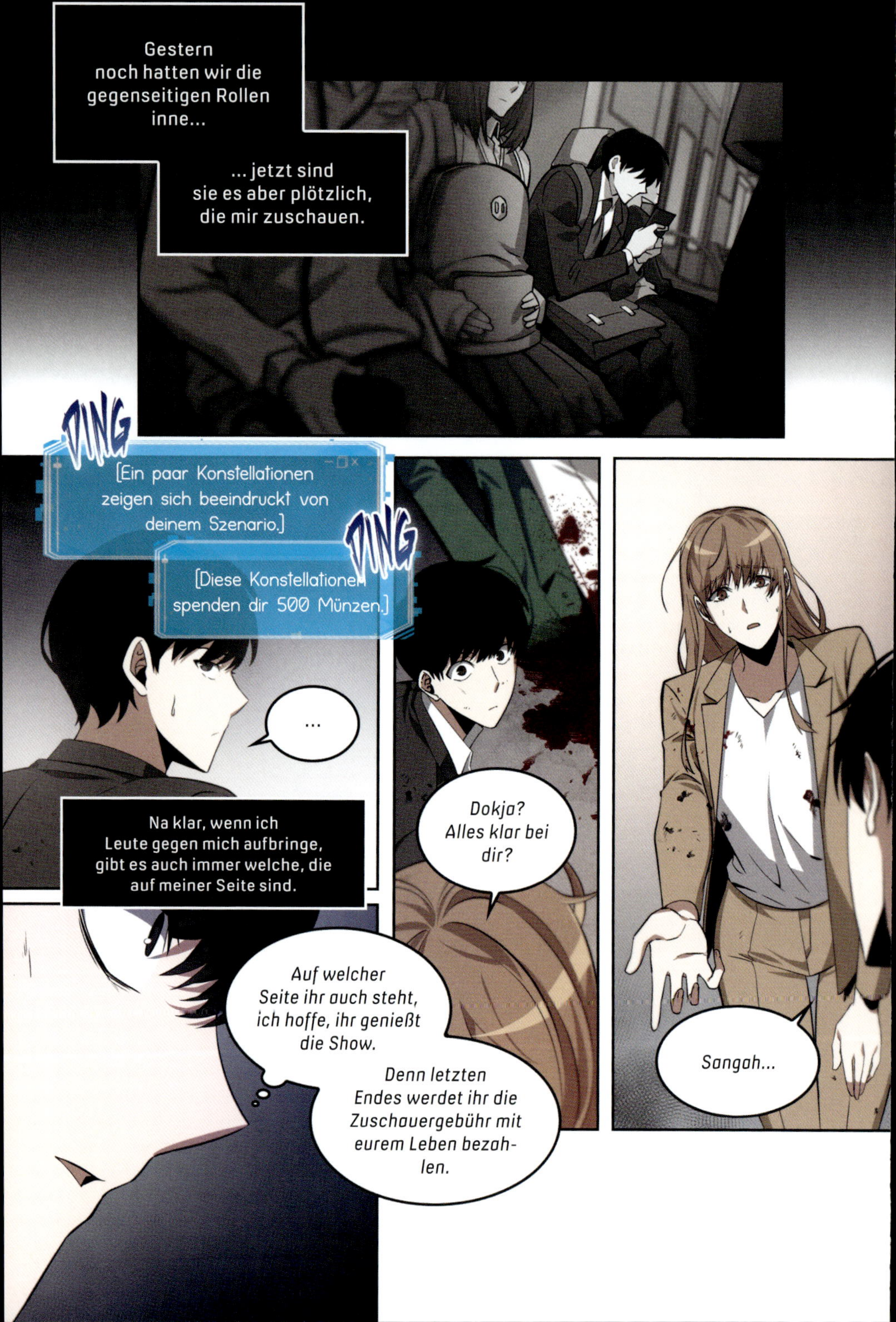

Gestern noch hatten wir die gegenseitigen Rollen inne...

... jetzt sind sie es aber plötzlich, die mir zuschauen.

DING

[Ein paar Konstellationen zeigen sich beeindruckt von deinem Szenario.]

DING

[Diese Konstellationen spenden dir 500 Münzen.]

...

Na klar, wenn ich Leute gegen mich aufbringe, gibt es auch immer welche, die auf meiner Seite sind.

Dokja? Alles klar bei dir?

Auf welcher Seite ihr auch steht, ich hoffe, ihr genießt die Show.

Denn letzten Endes werdet ihr die Zuschauergebühr mit eurem Leben bezahlen.

Sangah...

Das war reiner Zufall.

Also rechne lieber kein zweites Mal damit.

Ich weiß nicht, was in ihr vorgeht, aber sie ist schlau genug, dass sie dieses Szenario hier überlebt hat.

Sie wird also verstehen, was ich damit sagen will.

Auf meine Entscheidung hin sind manche Menschen gestorben und andere haben überlebt.

Wow! Ihr habt also alle euren Wert unter Beweis gestellt? Es haben ja wirklich viele von euch überlebt.

Fünf... Es haben mehr überlebt als gedacht.

Hui! Danke für die hübsche Spende, liebe Konstellationen! Ich kann kaum glauben, dass gleich 21 Konstellationen meinen Kanal streamen!

Dass der fitte und sportliche Hyeonseong Lee überlebt, war zu erwarten.

Gilyeong Lee...

So hieß doch der Kleine, oder?

Hey, Kleiner.

Möchtest du am Leben bleiben?
Das hier ist kein Ausdruck von Sympathie.
Wenn man es unbedingt in Worte fassen müsste, würde ich es...
Dann lass uns ein Team bilden.
NICK
... Heuchelei nennen.
DING
[Ein paar Konstellationen sind von deiner Großzügigkeit gerührt.]
DING
[Die Konstellationen spenden dir 200 Münzen.]

BETRÜBT

Auch wenn es schamlos rüberkommen mag...

... auch ich möchte gerne am Leben bleiben.

In Anbetracht der wichtigen Szenarien, die in Zukunft kommen werden...

... sollte ich jetzt schon mal die Aufmerksamkeit der Konstellationen auf mich ziehen.

KLAMMER

Was für ein spaßiger Tag das doch heute war.

Der Typ im Abteil nebenan war auch durchgeknallt.

L...Lässt du uns dann jetzt gehen?

Und als Letztes hätten wir dann noch...

... Herrn Han.

Der hatte einfach nur unglaubliches Glück.

Wir haben doch getan, was du wolltest!

Aber warum fährt so ein reicher Schnösel überhaupt mit der Bahn nach Hause?

Vor Kurzem erst hat er in jeder Abteilung der Firma mit seinem ach so tollen MerXXdes angegeben.

Hmm... Euch gehen lassen?

Du hast wohl noch keinen Blick aus dem Fenster geworfen.

Sicher, dass ich euch gehen lassen soll?

GROAAAA AAAH

...

Ich hatte keine großen Erwartungen an dieses Abteil, aber ihr alle habt das erste Szenario erfolgreich abgeschlossen.
Ihr habt bewiesen, dass selbst Insekten ein Recht auf Leben haben.
Jedenfalls bin ich echt beeindruckt.
Haah, verdammt. In seinen Augen sind wir wirklich nichts weiter als Grashüpfer.
Tja, harte Arbeit sollte natürlich auch belohnt werden, nicht wahr?
Als Belohnung für dieses Szenario könnt ihr jetzt von einer Konstellation gesponsort werden. Spannend, nicht wahr?

Huch? Ihr freut euch ja gar nicht. Das ist eine wirklich große Sache, Leute!

So eine Reaktion ist doch klar.

Immerhin weiß keiner außer mir etwas mit den Begriffen **Konstellation** und **Sponsor** in unserer Situation anzufangen.

Ich erkläre euch das ganz einfach.

Im Moment seid ihr noch furchtbare Schwächlinge.

Wenn ihr in diesem Zustand zum nächsten Szenario aufbrechen würdet, würdet ihr in null Komma nichts von einer schwachen Kanalratte umgebracht werden. Ganz zu schweigen von den Kruks.

Aber es gibt in diesem Universum ein paar gewaltige Wesen, die Mitleid mit euch Schwächlingen haben und euch sponsorn wollen.

Versteht ihr, was ich damit sage?

Was... zur Hölle soll das bedeuten?

Wer sponsort hier wen...?

Hach, mit was für Dummköpfen ich es hier doch zu tun habe!

EP.02

Omniscient Reader's Viewpoint

[Sponsorenwahl]

- Wähle eine Konstellation aus.
- Die ausgewählte Konstellation wird
  zu deinem verlässlichen Sponsor.

1. Abyssaler Drache
der schwarzen Flamme
2. Dämonischer Richter des Feuers
3. Geheimnisvoller Verschwörer
4. Gefangener des goldenen
Stirnbandes

DING

Hmm, vier Interessenten.

Dokja?

Hier sind plötzlich zwei komische Auswahlmöglichkeiten aufgetaucht.

Ich weiß auch nichts darüber.

Sieh es einfach als Persönlichkeitstest oder so an.

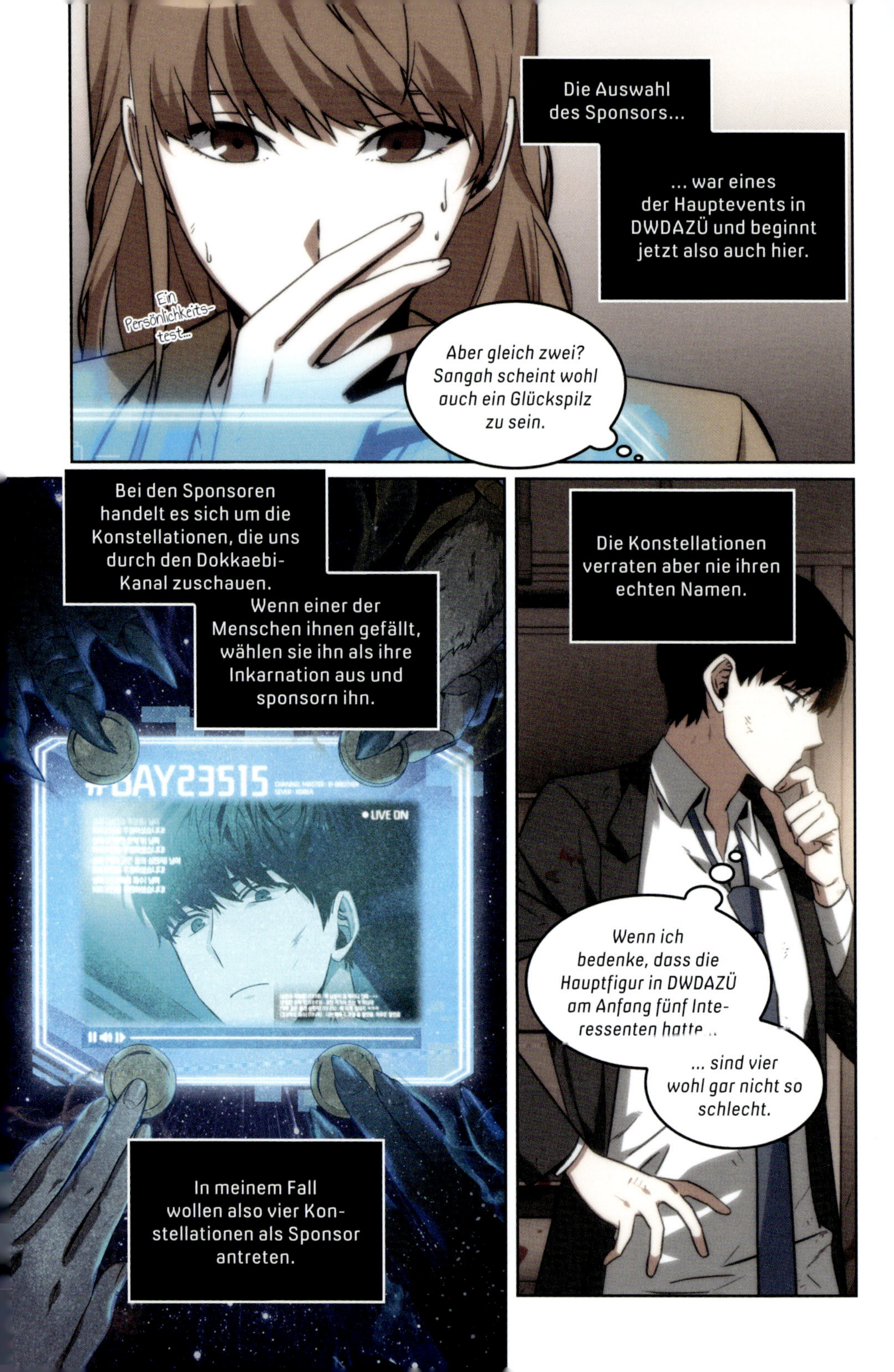

Die Auswahl des Sponsors...

... war eines der Hauptevents in DWDAZÜ und beginnt jetzt also auch hier.

Ein Persönlichkeits-test...

Aber gleich zwei? Sangah scheint wohl auch ein Glückspilz zu sein.

Bei den Sponsoren handelt es sich um die Konstellationen, die uns durch den Dokkaebi-Kanal zuschauen.

Wenn einer der Menschen ihnen gefällt, wählen sie ihn als ihre Inkarnation aus und sponsorn ihn.

Die Konstellationen verraten aber nie ihren echten Namen.

Wenn ich bedenke, dass die Hauptfigur in DWDAZÜ am Anfang fünf Inte-ressenten hatte ..

... sind vier wohl gar nicht so schlecht.

In meinem Fall wollen also vier Kon-stellationen als Sponsor antreten.

Der Abyssale Drache der schwarzen Flamme

Mit den Hinweisen in ihren Usernamen, wie **Abyssal, dämonisch** oder **Gefangener...**

... müssen wir rausfinden, um welche Konstellation es sich handelt.

1. Abyssaler Drache der schwarzen Flamme
2. Dämonischer Richter de...
3. Geheimnisvoller Verschw...
4. Gefangener des goldenen Bandes

Na ja, für mich als Leser von DWDAZÜ ist das natürlich ein Kinderspiel.

Mal sehen. Als Erstes hätten wir hier...

... ein mächtiges Wesen, das die Konstellationengruppe **Dunkle Wolke** anführt.

Soweit ich mich erinnere, war sein richtiger Name extrem lang.

Die Inkarnation, die mit ihm einen Vertrag abschließt, bekommt einen Schub in Kampfesstärke.

Vor allem in den Anfangsszenarien sind Ausdauer und Stärke kritisch, daher wäre er keine schlechte Wahl.

Natürlich zählt das leider nur für den Anfang.

Je mehr man die Macht dieser Konstellation benutzt, desto mehr verliert man den eigenen Verstand.

Letztendlich wird man zu einem psychopathischen Mörder.

Normalerweise sponsort diese Konstellation gern **Edgelords**...

... vermutlich war er im Original der Sponsor von Namwoon Kim.

Also warum hat er mich ausgewählt?

Der Typ ist mir nicht ganz geheuer, also fliegt der erst mal raus. Als Zweites hätten wir...

Ich bin echt erstaunt, ihn hier auf der Liste zu sehen.

Allein vom Namen her möchte man sich lieber von dieser Konstellation fernhalten.

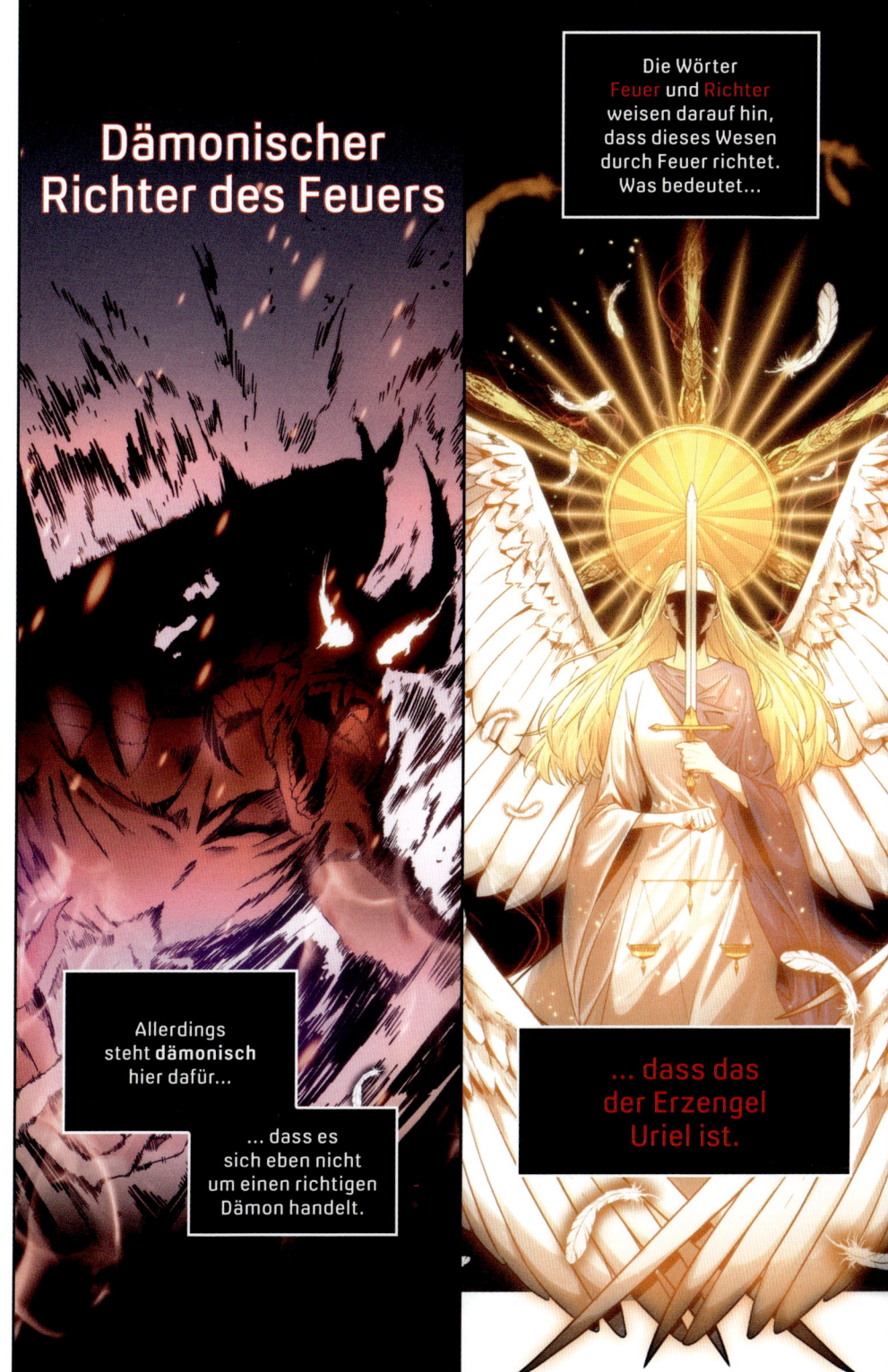

Dämonischer Richter des Feuers

Die Wörter Feuer und Richter weisen darauf hin, dass dieses Wesen durch Feuer richtet. Was bedeutet...

Allerdings steht **dämonisch** hier dafür...

... dass es sich eben nicht um einen richtigen Dämon handelt.

... dass das der Erzengel Uriel ist.

Ich glaube mich zu erinnern, dass jemand im Original später diesen Sponsor gewählt hat.

Er scheint keine schlechte Wahl zu sein, aber ich setze ihn erst mal auf die Wartebank.

Solche durch und durch gutherzigen Konstellationen sind zwar sehr mächtig, aber sie legen ihrer Inkarnation auch strenge Regeln auf.

Als Drittes hätten wir dann...

Geheimnisvoller Verschwörer

Gefangener des goldenen Stirnbandes

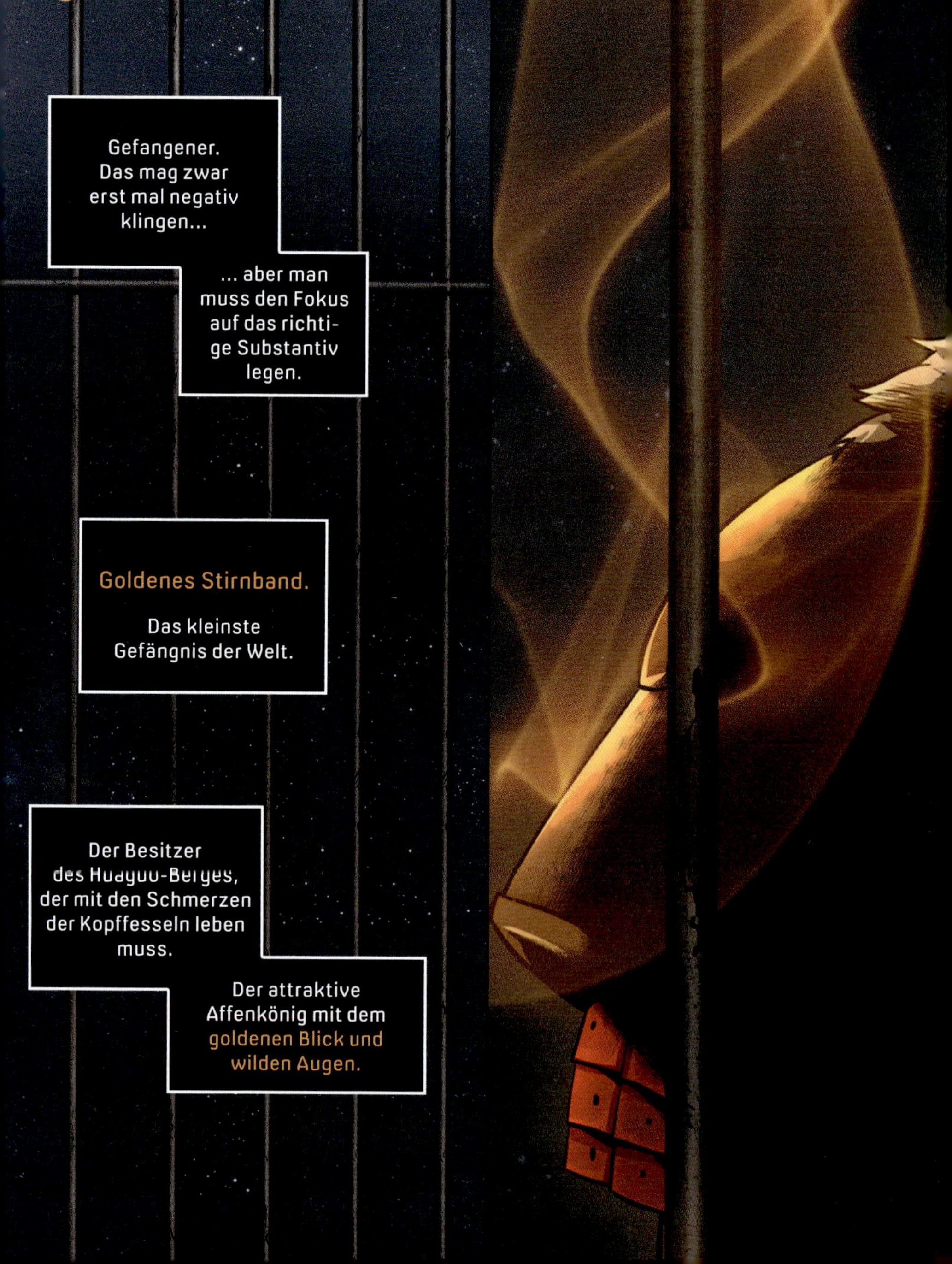

Gefangener.
Das mag zwar
erst mal negativ
klingen...

... aber man
muss den Fokus
auf das richti-
ge Substantiv
legen.

Goldenes Stirnband.

Das kleinste
Gefängnis der Welt.

Der Besitzer
des Huayuo-Berges,
der mit den Schmerzen
der Kopffesseln leben
muss.

Der attraktive
Affenkönig mit dem
goldenen Blick und
wilden Augen.

Der Große Weise,
Gleichberechtigter des Himmels,

Sun Wukong.

Eine der Figuren
in der Geschichte wurde
von ihm gesponsort.

[Die Sponsorenwahl ist beendet.]

DING

So, Leute, seid ihr alle fertig?

SCHIEL

Oh? Haha, wow...

WUSCH

Einer von euch hat ja eine sehr interessante Wahl getroffen.

Nun gut, es wird ja noch mehr Chancen geben.

Also dann. Da alle ihre Wahl getroffen haben...

... könnt ihr euch hier kurz ausruhen, während ich das nächste Szenario vorbereiten gehe.

Wir sehen uns in zehn Minuten!

Kommt mal alle her.

ZÖGER

Hi, ich bin Hyeonseong.

Dokja.

Ich weiß nicht, ob es in dieser Situation passend ist zu sagen, dass ich mich freue, dich kennenzulernen, aber es freut mich wirklich.

DRÜCK

Nein...

Er hat einen sehr starken Griff, wobei das wenig überasschend ist. Immerhin ist er ein Tanker am Anfang von DWDAZÜ.

Ich muss ihn auf jeden Fall in meinem Team haben.

Wie gesagt, ich bin Soldat...

Na ja, das hat jetzt wahrscheinlich nicht mehr viel zu bedeuten.

Du kannst deine Einheit nicht erreichen, richtig?

Du scheinst immer noch nicht kapiert zu haben, was hier abläuft.

Hätte ich dich vorhin lieber von diesem kleinen Scheißer verprügeln lassen sollen, damit du zu Verstand kommst?

Minosoft?

Glaubst du wirklich, die Firma existiert noch nach allem, was hier passiert ist?

Das gilt aber nicht nur für dich. Ihr anderen solltet ebenfalls aufwachen.

Wie der Dokkaebi bereits gesagt hat, ist das ganze hier kein Scherz.

Euch ist bestimmt schon aufgefallen, was hier abgeht, ohne dass ich es euch lang und breit erklären muss.

[Stelle deinen Wert unter Beweis]

Bringe mindestens ein Lebewesen um.

Kategorie: Hauptaufgabe
Schwierigkeitsgrad: F
Zeitlimit: 30 Minuten
Belohnung: 300 Münzen
Bei Misserfolg: Tod

Fenster wie bei einem Computerspiel.

Attribute und Sonderfähigkeiten.

Gibt es hier jemanden, der es immer noch nicht begriffen hat?

GRAOAAAAA

R...Raus?
Hast du sie noch
alle?!

Dokja,
ich glaube
auch, das ist
ein wenig...

Ich sollte auch
zu meiner Einheit
gehen...

... aber ich
denke, dass es zu
gefährlich ist, sich
momentan draußen
zu bewegen.

Oh Mann...
selbst Hyeonseong
ist dagegen.

Ich muss ihn
aber unbedingt
mitnehmen.

BV

MN

!

Was ist da los? Doch nicht etwa schon das nächste Szenario?

Auf der anderen Seite der Tür befindet sich gerade der einzige Überlebende des Abteils 3707.

Nein, der Dokkaebi ist noch nicht zurück.

Dann...

Ich brauche nicht lange nachzudenken, um zu wissen, wer auf der anderen Seite steht.

A...Aber Dokja, wir wissen doch gar nicht sicher, ob auf der anderen Seite der Tür ein Feind lauert.

Es wird jemand sein, der überlebt hat, indem er andere umgebracht hat...

Wollt ihr so jemandem wirklich begegnen?

Das unsichtbare Kraftfeld ist verschwunden, nachdem das Szenario vorbei war.

Wir müssen jetzt also nur eine funktionierende Tür finden...

Die geht auch nicht auf.

Wir müssen einen Weg hier raus finden.

Diese Tür ist kaputt!

Mist, hier drüben geht auch nichts auf!

Verdammt, es muss doch wenigstens eine funktionierende Tür geben?!
KNALL
BÄMM
Von den acht Türen hier haben wir drei noch nicht ausprobiert.
WUMM
KRACH

EP.02

Omniscient Reader's Viewpoint

Mit Spezialfähigkeit meinst du...?

[Charakterprofil] ⊟◻✕

Name: Hyeonseong Lee
Alter: 28 Jahre
Sponsor: Stahlmeister

Persönliches Attribut: Soldat, der seine Augen vor Ungerechtigkeit verschlossen hat (standard)

Spezialfähigkeiten: [Bajonett Lvl. 2], [Camouflage Lvl. 2] [Geduld Lvl. 1], [Gerechtigkeitssinn Lvl. 1]

Stigma: [Großer Bergbeweger Lvl. 1]

Gesamtstatistik: [Ausdauer Lvl. 8], [Stärke Lvl. 8], [Agilität Lvl. 7], [Mana Lvl. 5]

Gesamtevaluierung: Hyeonseong Lee hat allgemein sehr gute STATs. Obwohl er überraschenderweise die Augen vor Ungerechtigkeit verschlossen hat, hat ihn trotzdem eine Konstellation ausgewählt. Das hier wird eine weitere Chance für ihn sein.

Hyeonseong, benutz deine Spezial-fähigkeit.

Was?

Zum Glück sind sein Attribut und Sponsor genau wie in der Webnovel.

Du hast vermutlich deine Fähigkeiten angesehen, als du dein Attributefenster geöffnet hast.

Du bist beim Militär, also sollte eine Fähigkeit dabei sein, die uns in dieser Situation nützlich ist.

Nun ja... Da ist schon eine, aber ich weiß nicht, wie ich sie einsetze...

Du musst einfach in deinem Kopf sagen, dass du eine Fähigkeit benutzen willst.

Und das funktioniert...?

Hiyaaaaa!

Die Stahltür, die unser Abteil mit Abteil 3707 verbindet, wird bald zusammenbrechen.

Rennt!

Warum wusste ich nur, dass das passieren wird?

Wenn ich mich aber nicht irre...

... ist die Stahltür gerade unser kleinstes Problem...

Habe ich vorhin nicht gesagt...

... dass ihr schön stillhalten sollt?

Ach, verdammt! Das nächste Szenario ist noch nicht fertig vorbereitet...

Ahh! Ich wusste doch, dass wir nicht rausgehen sollten!

Haah...

Na gut,
da lässt sich nichts
machen.

SCHNIPP

Ihr solltet
euch wirklich
glücklich schät-
zen.

DI NG

□◻☒

[Das zweite
Szenario hat begonnen.]

Dachte
ich es mir
doch...

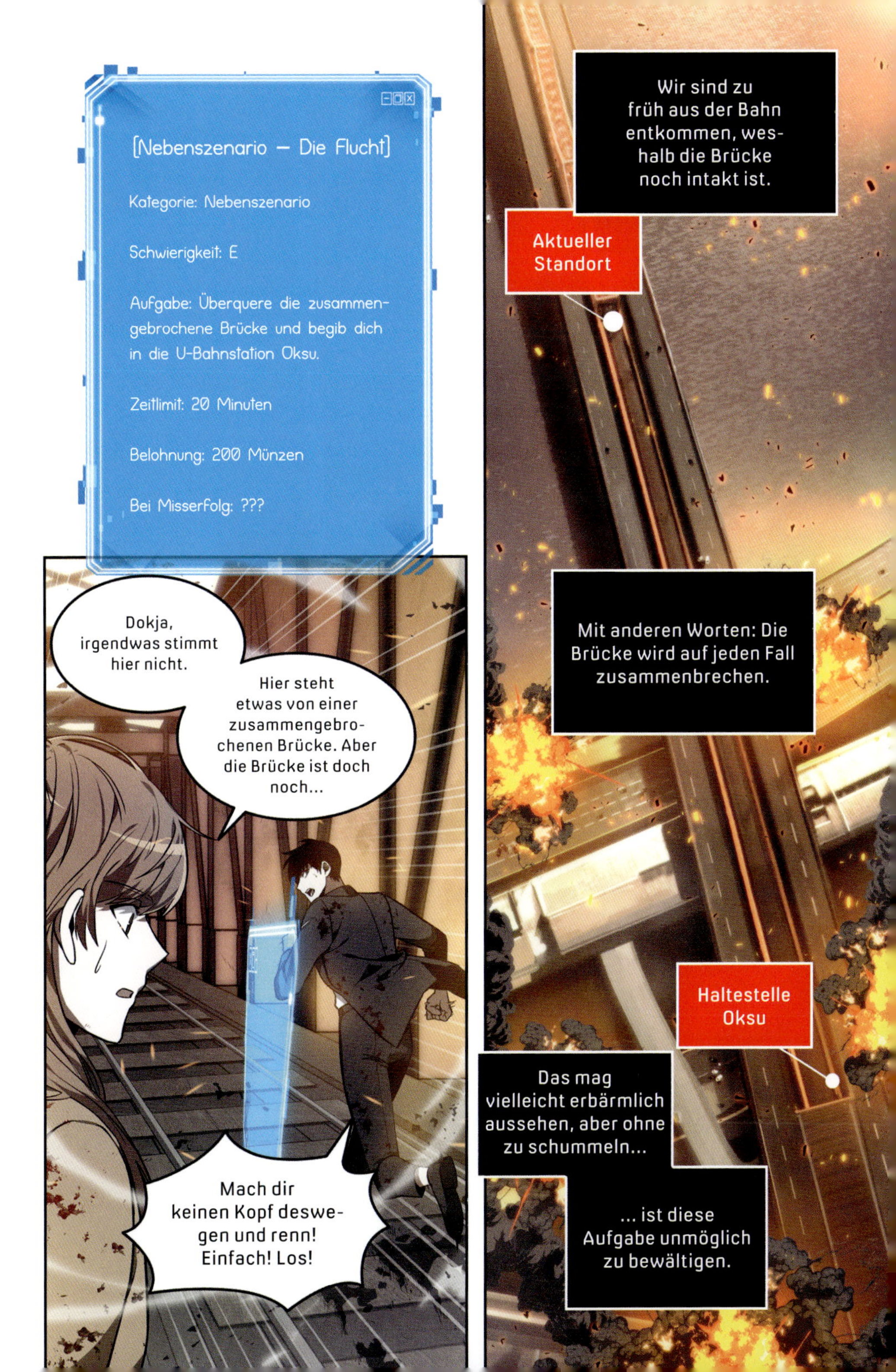

[Nebenszenario — Die Flucht]

Kategorie: Nebenszenario

Schwierigkeit: E

Aufgabe: Überquere die zusammen-
gebrochene Brücke und begib dich
in die U-Bahnstation Oksu.

Zeitlimit: 20 Minuten

Belohnung: 200 Münzen

Bei Misserfolg: ???

Dokja, irgendwas stimmt hier nicht.

Hier steht etwas von einer zusammengebrochenen Brücke. Aber die Brücke ist doch noch...

Mach dir keinen Kopf deswegen und renn! Einfach! Los!

Wir sind zu früh aus der Bahn entkommen, weshalb die Brücke noch intakt ist.

Aktueller Standort

Mit anderen Worten: Die Brücke wird auf jeden Fall zusammenbrechen.

Haltestelle Oksu

Das mag vielleicht erbärmlich aussehen, aber ohne zu schummeln...

... ist diese Aufgabe unmöglich zu bewältigen.

NEXT

Das erwartet euch in Band 2!

Um zur Haltestelle Oksu
zu gelangen, muss irgendwie die eingestürzte
Brücke überquert werden.

Durch das Auftauchen
einer Seeschlange wurde diese Aufgabe
noch erschwert.

Die erste Methode, um in
einer apokalyptischen Welt zu überleben und...

... der Regressor, Junghyeok Yu,
der diese erste Methode bestätigt,
wird vorgestellt.

Halte durch,
auch wenn es qualvoll ist!

OMNISCIENT READER'S VIEWPOINT

Art: **Undead Gamja(3B2S STUDIO)** | Adaptation: **S-Cynan** | Story: **singNsong**

The WORLD AFTER the FALL

100 ETAGEN BIS ZUR WAHRHEIT!

Als eines Tages plötzlich gigantische Türme rund um den Globus auftauchen und Schwärme schrecklicher Kreaturen große Verwüstung mit sich bringen, steht Jaehwan vor der Entscheidung seines Lebens: Sollte er angesichts der drohenden Niederlage und des sicheren Todes lieber weglaufen oder aber für die dem Untergang geweihte Welt kämpfen? Er und die weiteren Tower Walker entscheiden sich für Letzteres und dafür, die Türme zu erobern. Doch nichts ist, wie es scheint, und Jaehwan muss feststellen, dass er niemandem – und schon gar nicht der Zeit – trauen kann...

Mit exklusiver Photocard in jedem Band
– nur in der Erst- auflage!

Action • ab 16 Jahren
Softcover • farbig
ca. 288 Seiten • 14,5 x 21 cm

www.carlsen.de/webtoons

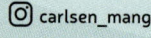

hayabusa_manga   carlsen_manga

The World After the Fall © Undead Gamja(3B2S STUDIO), S-Cynan, singNsong 2022 / REDICE STUDIO

PLUTO

DEAR · DOOR

DÄMONISCH HEISSE BOYS LOVE!

Nach dem Tod seiner Freundin möchte der Polizist Kyungjoon einfach nur in Ruhe seine Zimmerpflanzen gießen und Verbrecher jagen. Doch als die polizeilichen Ermittlungen gegen eine mysteriöse Sekte übernatürliche Ausmaße annehmen, findet sich Kyungjoon unversehens in einer Welt voller Dämonen und Monster wieder. Der Schlimmste von ihnen ist der Dämonenkönig, der sich selbst Lord Cain nennt. Wie sich herausstellt, ist Cain zum Überleben auf Mana angewiesen, das nur durch ein »Portal« in Kyungjoon zugänglich ist. Doch wie öffnet er dieses Portal?

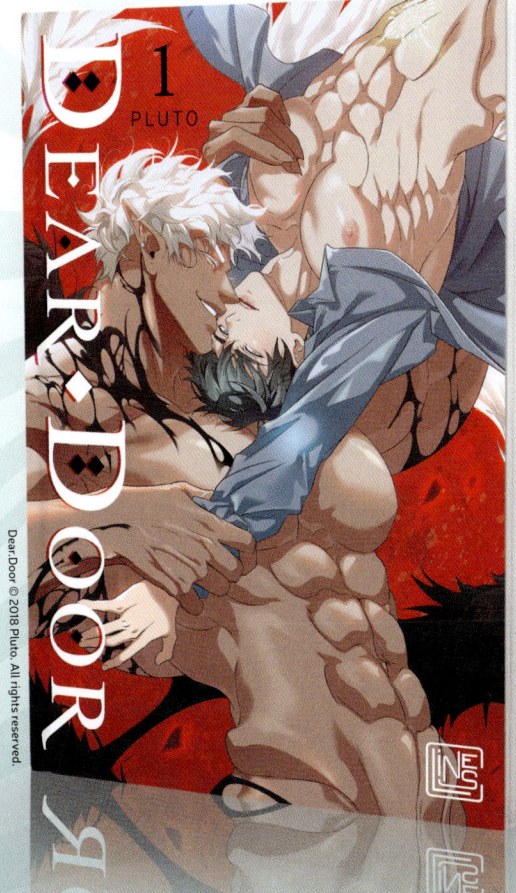

Dear.Door © 2018 Pluto. All rights reserved.

Mit exklusiver Photocard in jedem Band
– nur in der Erstauflage!

Boys Love • ab 18 Jahren
Softcover • farbig
ca. 288 Seiten • 14,5 x 21 cm

www.carlsen.de/webtoons

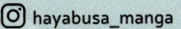 hayabusa_manga   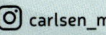 carlsen_manga

Adaption & Art: **Aeju** | Story: **Chepali**

The WORDS in YOUR SNARE

WAGHALSIGE GEDANKENSPIELE…

Jooin Lee hat eine außergewöhnliche Fähigkeit: Er kann die Gedanken seiner Mitmenschen wie geschriebene Worte lesen – was dazu geführt hat, dass er gesprochenen Worten nicht mehr vertraut.

Er hat das turbulente Stadtleben Seouls hinter sich gelassen und auf dem Land ein beschauliches neues Leben als Cafébetreiber begonnen. Eines Tages lernt er Mookya kennen, der eine hohe Position in einer berüchtigten Gang innehat. Jooin ist direkt von dem geheimnisvollen Fremden fasziniert – allem voran davon, dass er dessen Gedanken nicht sehen kann. Zwischen den beiden entbrennt eine turbulente Beziehung, die nicht ungefährlich ist…

© Aeju, Chepali 2020 / REDICE STUDIO

Mit exklusiver Photocard in jedem Band – nur in der Erstauflage!

Boys Love • ab 18 Jahren
Softcover • farbig
ca. 304 Seiten • 14,5 x 21 cm

www.carlsen.de/webtoons

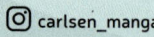 hayabusa_manga   carlsen_manga

summer

Where the Dragon's Rain Falls

DER SÜSSE DUFT VON KIRSCHBLÜTEN UND FREIHEIT…

Laut einer Legende ist ein Volk, dem ein Drache erscheint, dazu bestimmt, Wohlstand zu erlangen. Nach langer Zeit wird in dem von Wüste bedeckten Königreich Rahan endlich ein neuer Drache geboren, aber… als zerbrechlicher kleiner Junge! Bis dieser Junge erwachsen ist, wird er vom Kronprinzen in den Tiefen des Palastes versteckt. Doch eines Nachts stößt Suu, ein einfacher Diener, auf ein unerwartetes Geheimnis… Und so beginnt eine Geschichte von Liebe, Besessenheit und Sehnsucht.

WHERE THE DRAGON'S RAIN FALLS © summer 2018 / D&C MEDIA

Mit exklusiver Photocard in jedem Band — nur in der Erstauflage!

Boys Love • ab 14 Jahren
Softcover • farbig
ca. 272 Seiten • 14,5 x 21 cm

www.carlsen.de/webtoons

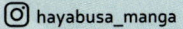 hayabusa_manga   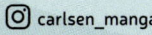 carlsen_manga

Story: Iru | Art: Mo9Rang

NOT-SEW-WICKED STEPMOM

DIE KLASSISCHE MÄRCHEN-STIEFMUTTER IST BEKANNTLICH NOTORISCH BÖSE!

Doch als Abigail nach einer Wiedergeburt plötzlich als Mutter der kleinen Prinzessin Blanche aufwacht, möchte sie dieses alte Klischee nicht erfüllen und ihre neue Tochter mit Liebe überschütten. Nun muss die ehemalige Kinderklamottendesignerin nur noch ihren neuen, kaltherzigen Ehemann davon überzeugen, dasselbe zu tun… In ihrem Bestreben, Blanche ein liebevolles Zuhause zu bieten, beginnt Abigail Geheimnisse und Intrigen innerhalb des Palastes aufzudecken. Wird sich die kleine Familie den teuflischen Kräften beugen müssen, oder wird es Abigail gelingen, sie zusammenzuhalten?

Not-Sew-Wicked Stepmom © Mo9Rang, Iru 2021 / A.TEMPO MEDIA

Mit exklusiver Photocard in jedem Band
— nur in der Erstauflage!

Romance • ab 12 Jahren
Softcover • farbig
ca. 288 Seiten • 14,5 x 21 cm

www.carlsen.de/webtoons

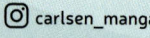

hayabusa_manga   carlsen_manga

Webtoon by: **MON, ANT STUDIO** | Original Story by: **KIM ROAH**

I Shall Master This Family

STARKE HELDIN DER ETWAS ANDEREN ART!

Die Familie der Lombardi stand einst an der Spitze des Reiches. Nach dem Tod des Familienoberhaupts wird das Schicksal der Familie und das von Firentia, der Enkelin des Oberhaupts, von ihren nichtsnutzigen und grausamen Cousins ruiniert. Doch als sie als ihr siebenjähriges Ich wiedergeboren wird, ist sie bestrebt, die Familienehre zu wahren, die Gunst ihres Großvaters Lulac zu gewinnen und zu verhindern, dass ihr eigener Vater stirbt. In diesem Leben gibt es für sie nur einen Weg zum Sieg: Sie muss das Oberhaupt der mächtigen Familie werden.

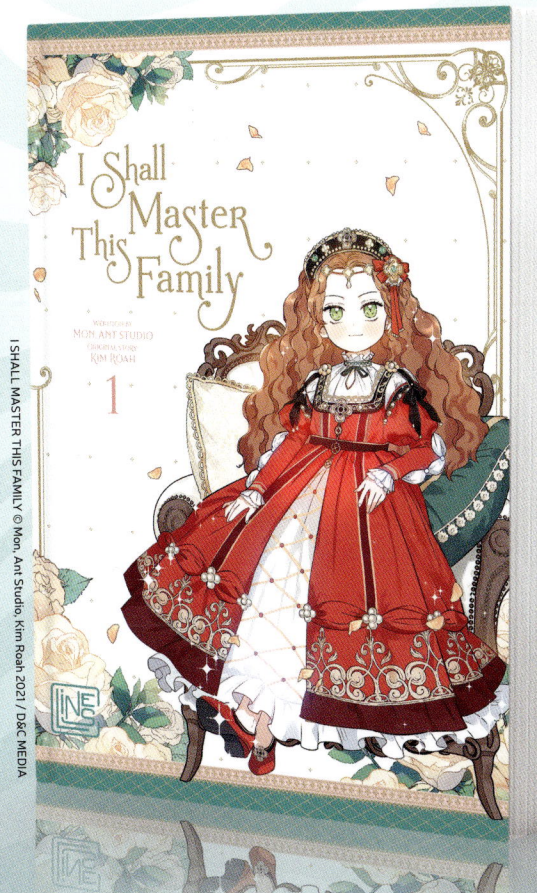

I SHALL MASTER THIS FAMILY © Mon, Ant Studio, Kim Roah 2021 / D&C MEDIA

Mit exklusiver Photocard in jedem Band
– nur in der Erstauflage!

Romance • ab 12 Jahren
Softcover • farbig
ca. 288 Seiten • 14,5 x 21 cm

www.carlsen.de/webtoons

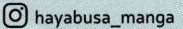 hayabusa_manga   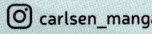 carlsen_manga

**DIE SCHLIMMSTEN
VERBRECHER DER GESCHICHTE!**

Sie sind die schlimmsten Verbrecher Britannias:
die Seven Deadly Sins!
Prinzessin Elisabeth sucht trotzdem nach ihnen.
Sie will ihr Königreich zurückerobern und da kä-
men ihr die schlimmsten Banditen gerade recht!

CARLSEN
MANGA!

www.carlsenmanga.de

SEVEN DEADLY SINS © Nakaba Suzuki / Kodansha Ltd.

HARO ASO

ALICE
IN BORDERLAND

DAS SPIEL AUF LEBEN UND TOD BEGINNT!

Das Original zur Hype-Serie auf NETFLIX

Ryohei hat sein Leben satt. Die Schule nervt, sein Liebesleben ist ein Witz und seine Zukunft fühlt sich an wie der drohende Untergang. Woanders wäre sicher alles besser. Als jedoch ein seltsames Feuerwerk ihn und seine Freunde in eine Parallelwelt transportiert, glaubt Ryohei, dass nun all seine Wünsche in Erfüllung gehen. Aber diese neue Welt ist kein Paradies, sondern ein grausames Spiel auf Leben und Tod – und die einzige Möglichkeit zu überleben, ist, daran teilzunehmen.

Entdecke die Leseprobe zu Doppelband 1

IMAWA NO KUNI NO ALICE © 2011 Haro ASO/ SHOGAKUKAN

HAYABUSA
www.hayabusa-manga.de

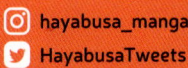

hayabusa_manga

HayabusaTweets

C Lines
2024 Carlsen Verlag GmbH
Völckersstraße 14–20 • 22765 Hamburg
Aus dem Koreanischen von Jessica Walther
OMNISCIENT READER'S VIEWPOINT
© Sleepy-C(3B2S STUDIO), UMI(REDICE STUDIO), singNsong 2020 /
REDICE STUDIO
All rights reserved.
German edition published by arrangement with REDICE STUDIO
through RIVERSE Inc.
Covergestaltung: Sonnenfisch Production – Laura Bartels
Redaktion: Lena Dilger
Herstellung: Lena Voigt
Alle deutschen Rechte vorbehalten.
Wir behalten uns die Nutzung unserer Inhalte für Text und
Data Mining im Sinne von § 44b UrhG ausdrücklich vor.
ISBN: 978-3-551-63006-3

carlsen.de/webtoons
carlsen.lnk.to/CarlsenSocialMedia
hayabusa_manga
carlsen_manga

MIX
Papier | Fördert
gute Waldnutzung
FSC® C002795
www.fsc.org

**Wir produzieren
nachhaltig**

• Klimaneutrales Produkt
• Papiere aus nachhaltigen
und kontrollierten Quellen
• Hergestellt in Europa